碧云湖

吴远道 著

天津出版传媒集团
百花文艺出版社

图书在版编目（CIP）数据

碧云湖 / 吴远道著 . -- 天津 : 百花文艺出版社, 2024.5
ISBN 978-7-5306-8768-0

Ⅰ . ①碧… Ⅱ . ①吴… Ⅲ . ①散文集 - 中国 - 当代 Ⅳ . ① I267

中国版本图书馆 CIP 数据核字 (2024) 第 084658 号

碧云湖
BIYUN HU
吴远道　著

出 版 人：薛印胜
责任编辑：张雪　　**装帧设计：**罗佳丽
出版发行：百花文艺出版社
地址：天津市和平区西康路 35 号　邮编：300051
电话传真：+86-22-23332651（发行部）
+86-22-23332656（总编室）
+86-22-23332478（邮购部）
网址：http://www.baihuawenyi.com
印刷：廊坊市伍福印刷有限公司
开本：880 毫米 × 1230 毫米　1/32
字数：136 千字
印张：6.5
版次：2024 年 5 月第 1 版
印次：2024 年 5 月第 1 次印刷
定价：68.00 元

如有印装质量问题，请与廊坊市伍福印刷有限公司联系调换
地址：安次区码头镇东辛庄村
电话：13731634666
邮编：065003

老祖寺

神秘的碧云湖

佛国初雪

碧云湖畔

本真生活

双峰山

老祖寺全景

序

孔　见

云差不多是天地间最为变幻莫测的现象了，它展现出来的想象力几乎无边无际。有了风的鼓动，加上光的鎏镀，云的景观每一个片刻都不会重复。在人生的匆忙中，能够停下脚步，或是坐得下来，欣赏云漫无目的地舒卷幻化，是一件难得的美事。尽管在地球表面的任何地方，只要把头抬起来，都能够看到云的倩影，但在不同地方观看，带给人的感官觉受和心灵激荡，却是不一样的。最为殊胜的观云处，莫过于高山绝顶之巅。泰山、黄山、华山、峨眉等名岳，都是观云者趋之若鹜的所在。为了目睹日出云海的奇景，许多人早早就在黑暗中向山顶攀爬。其实，除了高山绝顶，观云还有一处殊胜的地方，那就是平静的湖泊。在这里观云就用不着那么辛苦了。平湖如镜，天光云影倒映其中，置身此景，人会飘飘欲仙，恍然有出世之感，不知今夕是何年。

几年前，应朋友之邀，我前去黄梅、黄冈、黄石一带漫游，那里曾经是中国禅宗最为兴盛的地方。有四祖寺、五祖寺等著名的丛林，还有一座老祖寺，坐落在海拔颇高的紫云山莲花峰下。寺院的前面就有一片水面，被称为碧云湖。因为是高山出平湖，碧云湖如同悬在天空的明镜，将周边的风光全都汇到了一起。记得那时候，老祖寺落成不久，尚未有穿大红袈裟的高僧大德驻锡，但庙里老祖的塑像雕得极为生动，鹤发若雪，茂须如云，眼神明净透彻，仿佛看破了这个世界的苦难与黑暗之后，还保留着对人间的一脉温情。在这座小小的塑像前，我盘桓许久，依依不愿离去。

传说老祖是中印度人，因出生时左手握拳，直到七岁剃发之后才松开手掌，因此被称为宝掌和尚。他出生在释迦牟尼佛圆寂七十二年后（前 414 年），时间相当于周威烈王十二年，到唐高宗显庆二年（公元 657 年）入化，在人间活了一个世纪零七十二年，比道教传说中的彭祖多出数百岁，堪称佛门第一寿星。不知何种因缘，早在禅宗达摩祖师东渡之前的三百多年，他就先行从天竺来到震旦（中国）探路，并于东晋太和年间在紫云山上建立道场，以碧云湖为镜，静观天地间的因缘变化，为禅法的流布清场铺路。唐朝初期，达摩法裔道信、弘忍在附近双峰山一带弘传东山法门，法脉宏开，八方趋鹜。鹤发童颜的宝掌和尚，因为德高望重，被尊为老祖。

在禅宗祖庭的寻访，让我对黄梅一带丰富的文化积淀有了许多的了解，感受到似乎还在空气中飘忽的禅意，也直接或间接地认识了一些当地的朋友。作家吴远道就是其中的一位，他是通过何志弘大姐介绍联系上的，曾经发表过数量可观的作品。近年来，他花了很多时间，到老祖寺所在的碧云湖周边体验生活，并在云影的幻化和时光的流变中感悟生命的存在，领悟天地无言的大美，以探究宇宙与人生奥秘，希图唤醒人性光明。他前后共写下了十万余字的长篇散文《碧云湖》。承蒙他的信任，我得以先睹为快。阅读他灵动、睿智的文字，让我仿佛又回到当年，再度重游那些金碧辉煌的禅堂佛殿，在香烟缭绕中礼敬已经作古多年的祖师大德，领略他们高迈的精神和凌厉的机锋。尤其是隐居高山之上的千岁宝掌和尚，在他那里，生命与宇宙的奥秘洞若观火，人间的浮云一览无余。

疫情肆虐的日子，看远道先生的作品，仿佛心里起了风，有着流云一般止不住的联想，于是写下以上的文字，不知可否成为该书的序言。

2023 年 1 月 23 日于海口

CONTENTS / 目录

春夜

为了一部《碧云湖》，我纠结不已。春天又过去一半。春天的碧云湖是什么样子的呢？不能以大众化的描述与抒情，来写我根本不可名状的湖。刚过去的冬季，在新春依旧有雪并且久雨寒冷的二月，湖面的冰是否融化，或者还有多厚，雨打在冰封的湖面会发出什么样的声响，冰下的红鲤、乌龟又是怎样一番情形？这是就由寒入春的二月，我想得到的湖之了解。

初春的情景罢，因为没有到黄梅老祖寺，不能行走在被冰雪覆盖的湖滨上，无法与湖及湖周围的树木、枯草和不畏严寒的各种鸟儿一晤。更不用说，我在这个沐浴圣光的湖滨得到了多少洗礼和顿悟。人生易老，又蒙尘不觉。在清净的湖边，吮吸梅花馨香与宝殿里弥漫而来的檀香，我会走进一个虚空的境界。又感受着林中飞鸟的天然稚气，水面波光粼粼，我真的不知自己置身何处。

天下禅林的老祖寺距离黄梅县城约莫半个小时车程，当然，如果你晕车抑或怕行山路，或许需要的时间更长些。路是硬化了，一直延伸到紫云山下的古寺，但陡峭、弯曲，倘若没有相当熟练的驾驶技术就算能开得上去，也怕难下得山来的。不过，上得山来，你便进入一个云雾缭绕、湖光山色相映的澄净世界。

我记得去年初秋，和几个朋友初访碧云湖，就感受到了她的神奇、宁静与尊贵。夜宿碧云湖边的老祖寺，更是让心情平静，晚上睡了一个平生少有的好觉。第二天，返回的路上，便寻思要为这个山水合一的佛教圣地、人间天堂写点什么。于是有了《烟雨碧云湖》这篇最能表达当时我对她感受的文字。虽说行色匆匆，没有过多与她交流、接触，但那种氛围那股力量让我折服。

《烟雨碧云湖》这篇小记，寥寥数百字，几易其稿。那天住持崇延法师说，如果我写好了，让同行的一位黄梅籍书法家书写，然后他安排石刻，放在碧云湖畔。因为这句嘱托，我由初稿的七百多字精减到四百五十一字的终稿——

戊戌仲夏，时在既望。自黄州至黄梅，午餐竹缘居。复往老祖，暴雨骤降，目之丈余许。

车停雨住。寺后紫云山云雾萦绕，倾囊以下，鱼贯而化寺前之碧云湖。若众仙赴会，亦如山之菡萏融湖之莲池也。

谒崇延法师，品紫云禅茶，知人生如茶、无心即道耳。

薄暮，湖如碧练，时有灵鹭轻旋，微风吻抚，灵波莞尔；湖岸苍松滴翠，修竹盈珠，莲峰山影，微泛涟漪。鱼翔浅底，曼舞崇光，跃跃乎冀拥，翕动乎欲语。舒缓之状，悠游之态，臻于无我之境矣。

紫衣观音耸立湖上，梵音袅袅，金龟红鲤，簇拥成莲。鱼水觉慧，何处不禅哉？

劳顿因碧湖洗却，烦忧随梵音净远。

夜宿寮房，天籁阒寂。禅定即寐，不知夜雨。疾超曰：彼声非雨声，乃禅音也。

然哉。处无尘之室，人不静自静矣。

晨钟惊梦，烟雨朦胧，寺没虚无之雾，湖隐缥缈之霭。千年古刹，在与不在，恒在；芸芸众生，来与不来，皆来。

碧云湖于名寺古刹中罕见，莲花双峰环廓乃世间凤毛，二者融天地气象于云水之间，岂非天眷佛佑欤？

噫。人生有无，山水虚实，凡尘昼夜，心之所显，亦心者非为，诚自然之道也。心有菩提，若碧云之烟雾、水中之信鱼哉。

如今，书法家的字还没见到，石刻也就成为一种等待。尽管这种等待不时泛起，就如饥饿不时袭扰一个能量将尽的人。可是，这一切在过去的几年及其以前，我是奢望不已的，对名利曾作过不懈的追求，近乎执着。在无望乃至绝望的一刻，也想到曾经在皇家园林看过的乾隆皇帝的碑刻，那依靠权势遗留下来的诗句，倘若没有寻踪，是苍凉而不为人知的，连同一块块顽石任凭风吹雨打，诉说当时的尊贵与过后的凄凉。我由此不止一次地想，为何浩如烟海的诗词书法等作品，在当时名噪天下，身后却阒寂无声？时光与读者是如此公正无私，又是那样冷漠无情！世间万物原本虚无，因为生存，我们设想一些条条框框，设计一些陷阱和诱惑，让平静虚无不甘寂寞，满足每个生命的欲望而纷争。

文字我写了，就写了，再不管它的石刻的问题了。我最幸运的是能够遇见这座美丽的湖。虽然，我所见湖不多。如果再见到更多的湖，我想也不会改变我对碧云湖的钟爱之情了。

自古以来，许多智者常说，有缘千里来相会，无缘对面不相识。人与人的交往、人与自然的相融，因缘而已。还有人说，众里寻他千百度，蓦然回首，那人却在灯火阑珊处。是啊，有的人彼此各自生活一辈子，到死都不认识；而有些人萍水相逢，却一见如故。我想，这之间的缘故不外乎彼此的磁场、气场耦合、相斥所致。而场的产生除了先天的因素，还有后天的学习、修炼等。生活中，我们往往因为环境、名誉地位、财富等功利因素，将两个人或一批人硬性圈在一起，因此免不了彼此的争吵、争斗，陷害、反叛……高山流水遇知音之类的那种情趣、修养、智识都相同或相近的人能够走到一起，配合在一起，是少之又少。我们人类不断地犯同类错误，一方面追悔，一方面重蹈覆辙，看似可笑、无奈，实则是自然的法则引起的。大自然造就了万物，就一刻不会让你消停下来。假若我们不能清醒地认识到这一点，我们就会深深地堕入命运之神给我们编织的美丽泥潭，无法自拔。我们在尊重自然的同时，也要敬而远之，用一颗向善的心呵护好自己与同类，让彼此的差异性趋同，从而走向更加久远、美好的未来。

初识的碧云湖，大概就是这种理念的代表罢。

碧云湖地处神秘的北纬30度，在二十世纪八十年代末九十年代初建时还不称为湖，叫老祖水库。听一位曾执政此地的官员说，后人把紫云山和双峰山融进来，一湖融众山，呈莲花状。湖比库面大，更有诗情画意，因此才叫湖的。我没有去过多少寺庙，但听随行的友人讲，类似老祖寺这样依山面湖的古刹是没有的。我权且信以为真。真与无在佛教是没有分别的。初临碧云湖，我却喜欢上了她，一种久别重逢的感觉油然而生。漂泊几十年，我那不能自主的人生似乎融进了这座一见钟情的湖里了。

当我在一个春夜用手机敲下这段静思，困意袭来，不得不睡去。漫长的早春之夜，我安稳地睡上一觉。第二天清晨醒来，这些思考支离破碎，有的竟完全忘却，幸亏当时没有偷懒。我们许多灵感、感悟都是灵光一闪或者昙花一现的。这种顿悟也就更显真切而弥足珍贵的了。只有留意生活的人、善于捕捉灵感的智者才会抓住白驹过隙的瞬间，从而给时间留存珍贵的记忆，供大众分享。而这种瞬间的美，又来自致力于诗思的觉者的破茧而出或一触即发。

又一个独处的春夜，窝在被窝里，我想，人在与大自然的斗争中，试图做好了灭亡的准备。大自然是不可战胜的，正如孙猴子无法逃避皈依佛门的圆融。在利用一切聪明才智，克服困难，战胜危险，取得必要的生存条件后，又不可避免地失去当初的坚毅与韧性，而沦为投机取巧、贪图享乐的一类。这种心态是他们用知识与科技改变了生存环境及生活方式之后产生的狂妄自大、物欲膨胀、信仰危机、道德沦丧，自我异化。为了最大限度地膨胀欲望，他们必须发明创造新式武器和人工智能设备。一方面自我戕害，一方面制造“新人类”剥夺人类的生存权利，以实现财富充分集中，以及人的固有能力的弱化乃至消亡。

人生原本是一场苦难的旅行。科技的进步可以减轻人体力上的负担与痛苦，但无法消解精神世界的空虚与烦恼。我们不要寄希望于逃离，贫困有贫困的轻松与真情，富裕有富裕的沉重与绝望。

人类的进化离不开劳动与战胜大自然的一切磨炼。没有必要的劳动，没有在逆境中锤炼的意志、人格……人类原有的品质和本能将会蜕变。

英明而睿智的政治家对于这一点已经了然于胸，从而高屋建瓴地提出推动构建人类命运共同体诸多决断。人类在陷入迷茫的关键路口，看到了幸福的曙光。然而，还有一点，我们必须清楚意识到，高科技的拥有者应该是国家，就像核武器必须是国家所有。越是科技高度发达，越是要让人类最新成果掌控在国家手中，千万不能授予某个私有者，让他只考虑私有利益，随意作为，连正常的劳动技能，如餐饮服务业等工作都让给机器人代劳。这样不但会让物质利益快速集中极少数人手中，其结果可想而知；而且让人类生存异化加重。这一点应该引起世界范围内的社会与上层建筑的高度关注。

假若没有诗意栖居，人类的聪明才智只能改变肉体上的痛苦，却难以消减精神上的不幸。人类历史上的各种哲学、宗教，试图将其精神引向极乐世界，但过多的是道貌岸然下的自欺欺人。在物质欲望无法得到满足的前提下，唯有精神的解放，在某种意义上是一种麻痹。被打造出来的哲学只能说是腹语式的蒙蔽与阿Q式的愚昧。竞争是永无改变的规则，优胜劣汰是其结果。与其生活在幻想、虚无的自我陶醉中，不如真实地完善自我，友善地与他者、世界相处，努力提升有限生命的正能量。这就要我们像阳光一样多做奉献，像水一样滋养大地。

淡定

梭罗说，独处有益身心健康。他隐居瓦尔登湖达两年半之久，通过与大自然的亲密接触，悟出诸如此类的人生哲理。曾有许多世外高人推崇独处，引荐我去拜访高人的友人，也对我说，你要想写出一部传世之作，最好闭关三到五年，让神思与天地接轨。我总是不置可否，但是出于礼貌，还是唯唯诺诺般首肯。事后，依然我行我素。倒不是完全因为我的固执己见，而是置身红尘俗务，生活所迫。其实也不应该这样讲，生存是人生的第一要务，马斯洛将其列入人生五大需要的首位，我们不俗何以向更高的需求迈进？为了这人生的首要，我没能下定决心抛妻弃子，远离凡尘，到荒郊野林独处了。

实际上，独处不必非要去深山老林，去荒无人烟的沙漠、岛屿不可。我们的内心世界就是无穷的宇宙。在这个比客观的宇宙还大得多的心灵宇宙里，有可供万马奔腾的平川，有一望无际的海洋，有鲜为人知的沙漠、黑三角……我们每天可以容纳无以数计的物欲的、精神的、超验的东西。当心灵宇宙里的光明大于黑暗，我们就会快乐；反之，则郁郁寡欢。

我们就像喜欢甜食远胜于其他味道的食物一样，更多地向往光明，规避黑暗。如果细细观察身边的动植物，我们不难发现这些非人类生命的欲望与人类并无异样。所以，我们总能从文字中看到，也能从喜欢为人之师的演说家那里听到——佛家提出众生平等，道家倡导天人合一，儒家则宣扬善爱等观点。但由于人类无限制的占有，原本平等的异类纷纷濒临灭绝或变异。自然界的生态平衡被人为打破。科学上的能量守恒定律在给予人类认知世界、改造世界上起过不可估量的作用，可是因为人们片面的认同，将自然界的生态有序进化与发展进行了扭曲。人们受到自己片面的理解，对自然界有限的资源无限制地开采与挥霍。煤炭、石油等稀有资源一旦枯竭，不可再生；即使再生，也需要漫长的物理、化学作用。在短暂的时间内似乎对人类没太大影响，却贻害无穷。

竭泽而渔、杀鸡取卵、揠苗助长……诸多的成语，以及一些先知者的呐喊，如我的朋友方华国先生《宏观生态经济学》里谈到的物质是不灭的，但生态环境被破坏难以再生的观点，都足以反映人类对生态环境恶化亟待治理和大保护的担忧。

碧云湖，属于亚热带地区，听当地老人说，在他们儿童时，亦是“人间四月芳菲尽，三月桃花始盛开”；而今，到了阳春便是夏。地球变暖，今是昨非。有的科学家说，这是人类自我破坏环境造成的。我没有品评其观点正确与否的权利。我们一方面迷信权威，一方面人云亦云。宁可信其假，也不愿意经过深思熟虑地考证一番，而有选择性地认同、抉择。

这多像市场经济下的“购物潮”啊！房子原本是用来挡风遮雨的，以抵御野兽的入侵。我们有一个安居的地方就够了。因为人性的弱点，我们慢慢将空间、土地尽可能多地据为己有，将房子固有的功能铜臭化、利益化了，从而以此满足虚荣心与对金钱的角逐。多数家庭都在为这种逐潮式的消费与资本积累，不得不付出焦虑、担忧、辛劳的代价。尊严被无情地剥夺，幸福被内在的痛苦取代。随着这股潮的推进，我们多数人拖着疲惫的身心，绷紧沮丧的面孔，强装坚强、淡定，继续攀比、竞赛。一张张活泼可爱的脸，过早憔悴，青春早逝，生命提前终结。而那拼命得来的房产、贷款、资本，可以被少有的主宰这股潮的精英不费吹灰之力地拥有。

我认为，在世界性的精神贫困、一味追求物质财富的时代，我们要淡定从容，找准自己的人生目标，与时俱进，活出自我。

去年冬天我匆匆去碧云湖，面对她的波澜不惊，我这样安慰自己，又蓦然生起这湖是人造的感觉。然而，这种人为的杰作弥补了天然的缺憾。

如果当年千岁宝掌和尚在此建寺设坛，是因为看中了莲花山峰的神奇与紫云山的灵秀，同时再如今天因势利导围山造湖，那么享誉古今中外的名寺得由五祖改为老祖了。我去年与黄梅本地的几位朋友就我所熟知的几座禅寺讨论过各自特点问题。如果四祖用渐悟、五祖以顿悟、妙乐寺以神奇、安国寺以禅缘概括其特点，如此众多的寺庙中，老祖建寺最早，而且山水合一，当以长寿论之了。

道说，大道至简，道法自然。文曰，清水出芙蓉，天然去雕饰。但是，自然的生长过程，总有良莠不齐的产物。我们站在审美的角度，不刻意雕琢，而是自然地加以修饰，去粗取精，去伪存真，让更多的真美留存，未尚不好。这就是人类为何要制订法律、道德、规范等约束人行为准则的缘由。倘若任其私欲膨胀，势必危害他者的生存，影响社会秩序的正常运转，从而导致更大的灾难。

其实，自然也不能左右自己，但它却能自然地适应自己与所谓的道。道是什么东西呢？如果是什么具体的物，那就不是道了。它看起来玄乎其玄，实则是规律、法则。而制定这些规律法则的不过是所谓的万有引力罢了，或者是一种无以名状又无时无地不在的场。我们人类和其他生命一样，孕育于自然，因此不可避免地受制于授命者。纵观人类的历史，无不在摆脱自然的束缚又无可奈何地回归臣服。那些穷兵黩武、肆意攫取、异想天开的行为，都或多或少得到惨痛的回报。然而，一旦进入温柔乡久了，总有些人不安分，非得掀起点波澜而后快不可。为何要那样折腾不休呢？不如淡然些，乃至无为。

碧云湖的春天缩短，便是人类肆意妄为的结果。地震、海啸、艾滋病、新冠感染等灾难的出现，除了地球自身免疫力的下降、自我调整外，很大程度上缘于人类自身的局限。这些英雄所见略同的思考，并没有过多的创新，但我们常常忽略了对自身宿命的思考。那天，放眼碧云湖，我突然大胆设想，在若干亿万年前，我们的地球是不是冰球呢？随着宇宙间星球的竞争性消融，以及人类战胜自然能力的提升与破坏，它逐步解冻，变暖，甚至毁灭、重构。物质不灭，它们在消亡、变异、再生、新生……周而复始，往复无穷。

这一切，正如我们对自我的了解一样，绝大多数人总是无法得出最准确的答案。既然当下我们的物质条件比以往任何时候都要充裕，科技进步到宇宙飞船可以上天，潜艇可以深入海底，显微镜下可以观察到如同从太空上观察地球表面的人一样，观察到直径小于1纳米的微生物，我们是否该放下疾行的脚步，聆听左胸前那颗器官跳动的声音，问一问自己是谁，将来要往何去处。回首从前：一路上我看到了什么风景，我给他者、自然做过什么？然后，抬头仰望星空：宇宙的奥秘何在？太阳熄灭与地球毁灭之后，主宰万物之灵的人类能做些什么？如何拯救所谓的世界末日？是靠虚无缥缈的所谓神的力量，还是靠日益发达的科技？

那天，站在碧云湖从老祖寺前通往对面山边的湖中堤路上，我想，面对诸多不可预测的变化，我们最好的办法就是善待自己，善待与自己生命息息相关的一切生命，以及给予所有生命以滋养的大自然，过好当下。

然而，正如郑燮所言，人生难得糊涂。老祖寺的当今住持也说过，要快乐，便要憨傻。这是生活中无奈的逃避，也是对自我善意的欺骗。但我们不能像浮士德那样在魔鬼的帮助下随心所欲，我们在满足欲望、实现梦想的路上荆棘丛生，暗礁比比皆是，受伤的机会如影随形。假若没有这种精神胜利法，我们何堪重负？无数人在生命不可承受之重的情况下，就做出让亲者痛的向死行为。

我每天散步，就在离家不远的遗爱湖。我所居住的黄州离碧云湖有两三个小时的车程。不能因为家门口看不到碧云湖而宅在家里。现时代的山川、城乡，应该说大同小异。地球已经很小了。如今的乡村、深山老林也不会像远古或百年前那样荒凉、寂寥。

无论我们置身何地，我们都要将岁月过成幸福。幸福的感觉取决于我们每颗心。在繁忙而枯燥的工作、生活之余，我们要学会选择释放压力与焦虑的情绪，让心清零。真正如闲云野鹤一样自由自在，像明月清风一样无怨无艾。淡定地面对繁华，从容地应对浮躁。

这一些感悟也没有什么新奇。每天微信、微博等新旧媒体上的信息浩如烟海。最要紧的是，我们要将这些心灵鸡汤喝下，滋养我们不太健全的社会心理与个人心态。行动往往比语言更重要。只有可以付诸行动的言说，我们才能真正由动入静，美食、安眠。

我一直向往梭罗的生活。碧云湖似乎是我多年寻找终于得到的梦中情人。但做一个当下的隐居者是奢望。我不得不让自己的心境宁静，于繁华的都市思考那些人生、生命问题。与其向往大自然，不如呵护好自己的心灵宇宙。在我繁忙或清闲的工作之余，在我得意寂寞的时候，我必须克服浮躁给我带来的浅薄，必须深入自己的内心解剖，必须于生活中修行。这就需要我每天或节假日选择时间，学会独处，寂寞地思考。

寂寞是生活赋予作家创作灵感的禅房。一部满意的作品需要经过作者内心的沉淀与自我照见才能与众不同。古今中外许多大作家往往选择在夜深人静时或走向荒原时，远离喧嚣，打开智慧之门，营构心底的人物形象、诗词意境，为欲表达的宇宙、社会、人生诸多主题服务。我们每个人在平静的心境下，在心无旁骛、自我审视与批判的情况下，才能更多地认知自我，以便不主观不刻意不偏执不功利不浮躁地思考和创作，因而笔底的光辉灿烂无比。但是，寂寞是难耐的，需要大修为、大境界。

年前，温和平静的初冬碧云湖，天气尚未寒风刺骨，但天色没有初秋见时那样蔚蓝，看起来仿佛一位刚从稻场打完稻谷未洗脸的乡村姑娘，天空倒影于湖水的颜色有些灰暗。一阵紧一阵慢的冬风从湖面掠过，将湖中的山峦、翠竹、云松、寺院的模样微微撩起。我远远地望着她，却没有看到金龟、红鲤的仙姿。许是，故意潜入水底，嗔怪我迟迟不来。好家伙！竟想跟我这位远道来客捉迷藏。我想从脚边拾起一块石头，掷向湖中。此刻，岸边的音乐响起，我笑着停放下这一挑逗性的举止。

最近，我闲暇清静时想得较多的是，原以为寺庙不过是为出家人提供安身的场所，现在才知道它是接纳大众，改变凡夫浊见的所在。真正修行的人，无处不道场，那又何须花费那么多人力物力兴修那么多的寺庙呢？因为我们无法平静，这也许是不得已的选择。我们许许多多的人并不明白——在生活、工作中，将自己的事情做好了，无愧于心，无愧于时代，便是修行。也就是《生活禅钥》所言，觉悟人生、奉献人生。无论出家还是在家，都离不开心境的宁静。没有一颗淡定的心，无法感知净土的存在。

老祖寺

写碧云湖是不能不写老祖寺的。天下山水之多，譬如芸芸众生，而得道者、成就者寥寥，亦如这碧云湖与老祖寺了。按理说，是先有山水，才有老祖寺的；但一方山水却因一座古寺而名，于世人而言，似乎又是先有古寺后有山水的了。这个问题与一些喜欢钻牛角尖的人，抑或一些所谓的哲学家所讨论的关于是先有蛋还是先有鸡的问题是不可同日而语的。

我之探访碧云湖，应该说因谒老祖寺所起。黄梅的四祖、五祖，我早已拜谒过，独老祖，因我孤陋而寡闻。去年春末的一个傍晚，我和一位许久未联系的摄影家朋友散步于黄州遗爱湖畔。他告诉我，这些日子在老祖寺帮忙拍照片。老祖寺的法师要他帮忙出本摄影集。他觉得图文组合是他的原创。我先前就此跟他有分歧，我说，自古诗中有画、画中有诗，图文组合早已存在。不过，自摄影术发明并兴盛以来，做加法艺术的绘画慢慢被做减法艺术的摄影所替代，犹如经典走向民间，图的艺术成为一种时尚、一股潮流。只要你端起相机，甚至拿起手机，就能及时捕捉生活中的吉光片羽，从而反映一个地方的风土人情、地域地貌。

他说，更重要的是老祖寺旁边的碧云湖极具特色，希望我能写部散文，他配图。看了他微信里发的照片，我答应抽空去看看。可是，因为彼此的阴差阳错，直至去年初秋才邀约同往。

前往老祖寺的车上，我看车窗外的风景，不禁思绪飞扬：在人生的旅途，我们有许多行动计划，却因为不由自主而错过，或者因为陡生迷茫而放弃，或者因为事与愿违而易辙。无论哪种理由，都是很正常的事情。我们无须懊恼，也不必彷徨，停下来吧，看看眼前的风景，看看身边的同行，转身看看走过的旅程。当你心如止水，平淡地面对自己之后，再做新的决定。否则，你将抽刀断水水更流，你将剪不断理还乱，你将长叹既生瑜何生亮，你将哀怨恰似一江春水向东流……我们做任何事情、做出任何决定，只要在心态平和的状态下行动，就向成功迈出了一大步。无论个人、民族还是国家，无论家庭事务还是工作、创造。

参禅向佛是人类追求心态平和的一种方式。这就是为何佛教兴盛、经久不衰的答案之一。佛教传入中国，经过不断与本土的文化、体制、理念的磨合与自身改革完善，才逐步完成中国化，也是其迄今为止被接受、传承的一种答案。一种理论、一种学说、一种宗教，倘若束之高阁，不接地气、人气，势必枯萎、凋零，甚至一开始就被拒之门外。这一点，从达摩祖师来东土传教之初，到二祖慧可、三祖僧璨的艰难传教历程来看，我们不难理解。

我能于阴差阳错中，坚持去访老祖寺，与这位摄影家朋友的图片的关系分不开。光影技术像其他新科技一样，在快速地改变着我们人类的审美情趣和生活。在将来真是无法想象，人类现存的一切优秀文化成果，包括哲学、宗教、文学艺术等，将会如何遭到颠覆与再造，有的甚至消亡。在人文与科学的二元讨论中，我更多倾向于科学的发展激发人类人文的创造力并且以一日千里的速度改写人类既有的人文成果，它也是推动物质文明进步的直接动力。人文在许多时候以传承、迷信阻碍科学技术的应用，利用人性的弱点而将科技的优秀成果转化为扼杀人性、消灭万物的工具。我们需要将二者的优势充分加以组合，让其健康发展，从而平衡以进，以使精神物质臻于完美完善。

老祖寺的圣清法师似乎比较认同我的拙见。他也是建议我写《碧云湖》的第一人。初访老祖寺的秋夜，我和他聊了个把时辰。他向我简单介绍了老祖寺——

老祖寺，古名紫云山寺，坐落于黄梅县苦竹乡的紫云山莲花峰下，地理坐标为东经 115.850696，北纬 30.2329，乃东晋太和年间，由印度来华高僧千岁宝掌禅师开山创建。紫云山海拔 1135 米，其峰巅由 7 座峦头相对并列，状若莲瓣相聚，故名莲花峰。峰下有盆地，老祖寺恰如莲心吐蕊，花瓣托心。寺周围群峰耸立，危岩参天，长年云雾缭绕，苍松翠竹掩映，乃不可多得之人间仙境、避暑胜地，因有“紫云佛国”之誉。

圣清法师说，据传千岁宝掌禅师行化紫云之时，恰值禅宗四祖道信、五祖弘忍分别住持破额、冯茂二山，因其年高岁长，人皆称之老祖，尊其所创伽蓝为老祖寺。自宝掌禅师开山以来，历代高僧辈出，盛时有 600 多出家人常住。宝掌和尚圆寂百年后，六祖惠能的三传徒孙天王道悟卓锡登临紫云，居宝掌故址，扩建寺院，缘得乌沙潭龙王力助，粮、木俱全，寺前尚有“出米池”“出木池”等神传遗址。宋、元、明期间有静川、道安、香村等高僧大德继席于老祖寺，清有顺治皇帝赐封为圆照国师的慧恩法师住山持戒。听说，顺治当年不是英年早逝，而是因为一场爱情的无果愤然出家。其出家寺庙就是老祖寺。当然，只是传说而已，至今没有定论。明朝兵部尚书汪可受在紫云山建挪步园山庄，老祖寺并入有“小庐山”之称的挪步园风景区。2009 年 10 月 27 日，黄梅县举行老祖寺重建落成暨开光庆典，来自海内外的近万名游客或香客涌向这里。

并说，千岁宝掌和尚生于公元前 414 年（时为中国东周威烈王丁卯年）。相传其初生时左手握拳不展，至七岁其父母携之拜谒佛陀精舍，左拳为拜佛而放掌故名宝掌。他于年少皈依佛门，谨遵佛陀教诲，遍阅大藏经论苦行修戒。一日，他对众僧言道，我想住世千年，卓锡紫云居双峰；今已六百二十有六，当游东土震旦（古印度称中国为震旦）。他遂于东汉末（约公元 212 年前后），由川藏进入中国境内，较之禅宗初祖达摩早来 300 余年。他步履丛山，随缘度化，辗转至今黄梅地域，遥见紫云山双峰并立，紫烟缭绕，遂赴之卓锡，结茅成庵作修行之缘地以了夙愿。

300 年后，从印度来中国的初祖达摩，听说宝掌和尚仍然在湖北黄梅的老祖寺，便决定到紫云山去邀他一起到南京去见梁武帝。宝掌不愿意同达摩去见梁武帝，便在达摩未到之前去了峨眉山，成了四川峨眉山的开山鼻祖。宝掌和尚在峨眉山隐修的数百年间，先后接引了武则天等人皈依佛门，又云游到中原剃度了后为达摩第六代传人的神秀。达摩和菩提流支灭度后，宝掌和尚又从四川返回紫云山定居布法，与四祖道信、五祖弘忍同居黄梅，并让神秀去辅佐武则天登基，从而使长安佛教繁荣昌盛。最后他又移锡江浦，圆寂于浙江会稽云门山，时值唐高宗显庆二年（公元657年），住世实为1072年，被世人称为佛门第一寿星。

如今，由挪步园避暑山庄乘车穿越谷道可见老祖寺豁然开朗——仰望双峰对峙，平视碧水天池，环视青山笔立，飞瀑悬挂，白练千寻。若漫步小径，则见花草夹道，松杉掩荫，野芳幽香，鸟语深林，步移景换，妙趣横生。

圣清法师的这段说词，基本上是老祖寺的一张旅游名片文字。去年初秋那场相遇，适逢烟雨，我已将对老祖寺以及寺前的碧云湖的第一印象留在我的《烟雨碧云湖》里。第二次踏访她时，又是下雨，我对住持崇延法师说，怎么每次来都遇雨，而且是大雨倾盆。法师微微一笑说，阿弥陀佛，这是在为施主润笔。

我被雨淋湿的心情豁然晴朗了。般若之智可见一斑，难怪信众如此之多！

日暮，踱步于老祖寺旁的茶园小径，偶尔驻足仰望莲峰，平视湖面，不禁诗意袭来，口占一绝：山色常青水性柔，人生风雨润春秋；余心似是清辉主，一片光明照桂舟。

是啊，山寺的庄严，将会让恶念顿消，湖水的澄碧让龌龊净化，莲峰的毓秀让灵魂升华。我们每个生活在尘世的人，往往为生存所囿所迫，难免不染尘、不疲惫，如果适时到大自然中呼吸清新的空气，沐浴那永远无私奉献给你的阳光，就能重新振作，精神焕发。然而，对太多的人来说，这是不可能的，也多是身不由己的。疲乏的身躯与久染的心尘，总让一些人不堪重负，不得不倒下。我们何不选择像到老祖寺这样清净的山水相融的地方清洗、放松精神呢？

沿着硬化的临湖道路，趁夜幕尚未完全封闭前，我边走边想，佛教在调和矛盾、净化灵魂，维持正常的社会道德与秩序等方面，毋庸置疑是起过非常重要作用的。但哪一天世界上没有了寺庙，没有了类似寺庙的身外警示，而让每个人的身心都成为自我的寺庙，那就实现了人类从必然王国向自由王国迈进了。

在很久很久以前，我们人类寄居山林，以狩猎为生，通过长期的艰苦探索，才走出森林，走向开阔的大地，留下诸如《山海经》《伊利亚特》等美丽动人的认识自然、战胜自然的神话篇章。原始文明虽然原始，但人的本能也是原始的，随着语言文字的出现与火、工具、金属等的产生与应用，人的生存环境大为改善，征服自然改造自然的能力大为提升，但自身的无知、蒙蔽日益加深，以致逐渐失去本真。

我曾与一位颇有些医术的老中医聊天。他说，自从人类食用熟食之后，消化功能大为减退，以致不得不花费大量人力、物力来研制治疗口腔、肠胃的药，以减轻疾病带来的巨大痛苦。

然而，熟食于我们而言，利大于弊。人类从森林走向平原，也是文明进步的标志。尽管纵观人类几千年的古代、近代发展史，有人称其为“食人时代”。而今随着物质、科学的迅猛发展，人类文明的提高，生存的需要越来越不成为难题，我们开始渴望从都市走向乡村。可以说，我们进入了“食人”与食物并存的时代。在一些过度追求物质文明的社会，资本掌握在极少人的口袋里，他们依靠现代科技成果的便利，让绝大多数人在不为衣食住行烦忧的前提下，又用高科技、大数据等无形的魔掌撕裂为之服务的绝大多数人的身心，吮吸被奴役者的血肉，而这些被奴役者竟如冷水煮青蛙一般失去知觉。唯有普世价值观的建立与其实践者不断缩小人与人之间、地域之间的差距，让人类一切重大发明创造、一切红利惠及全世界大众，并将引领时代健康发展。

不过，当处于安定的环境，人类善于遗忘。同时，人类又喜爱表现，尤其在同类面前。对历史采取的态度不是肢解、臆造，就是放大、遗漏。我看到一些文学作品，对历史颠倒黑白，让历史由人民所写变成由极少数不负责任的作者或御用者所虚构。

在碧云湖边，我想起这些，应该说是与静寂之美极不相称的，湖面微波泛起，又趋于静寂。我也感受到了心灵的震颤，随手摘一片苦涩的紫云禅茶，咀嚼平生。

要想融入碧云湖，或者说参透老祖寺，文殊台，你也是必去的。譬如在当时探寻碧云湖的源头，我在一无所获几近绝望之时，置身紫云双峰脚下，仰视苍穹，突生灵感：是的，灵气与雾霭孕育了这里的青山绿水。我之明了老祖寺的古老、深幽，应该还与文殊台的独特、殊胜相关。因为曾经的高僧、大德选择层峦叠嶂、与世隔绝的文殊台修行，达到物我两忘、万物平齐的境界，继而以老祖寺为道场弘法度众。

在我长达一年四个月的碧云湖体验中，我还真的没有注意到文殊台的所在，也不知道碧云湖附近尚有文殊台，就像曾经只知寺庙对面的碧云湖，而不知道宝塔山、海螺峰后面尚存一座副湖那样。原以为我很了解碧云湖周围的山水了，其实我过于自负，以致更显浅薄不堪。我也如同世人一样，眼高手低，好高骛远，尤其是对自己过于自信，容不得一句他人的善意批评。世界之大，智识有限，倘若不用心细究，势必孤陋寡闻，自以为是，结果错过了身边最美的风景。

就在我收笔等待出版《碧云湖》的一年后，也就是2021年元月中旬，从文殊台闭关一年半后出关的圣清法师那里得知了文殊台所在。他看完我发给他的《碧云湖》文档，对我说，书中还应加进文殊台章节，并邀请我在春暖花开的时候去老祖寺东边的文殊台体验。

为此，我不胜纠结。许多人在我计划出版《碧云湖》时，给我忠告，劝我不要急于出书，要反复打磨，直至完美无缺，最好超过《瓦尔登湖》。

我深领他们的好意，但依然冥顽不灵，尽管资助者因疫情受阻异国的缘故未能及时提供援助，致使计划延迟，但是更主要的缘由是我觉得我的创作是自然的流露，毫无故意做作，也极少无病呻吟和故弄玄虚。一句话，我是凭感觉与感悟书写的。内容也许存在诸多瑕疵，但我是真诚的、负责的和朴笃的，也是轻松、愉悦的。我没有作过多修改。而且，为这篇文殊台是否放在最后一节，我也考虑很久，最终决定放入老祖寺这节。写作时间上是有犯逻辑之嫌，如果你认真思索一下，也许会对我的不合逻辑报以宽容。更有甚者，也许会读懂我的深意。

言归正卷。继续文殊台探访之旅。

2021年3月13日14：05，在老祖寺居士耀理的带领下，我和朋友从寺庙正门出发，驱车2公里，或者3公里，当时没有留心这段车程，我们来到柏油公路右边一个转弯处上山，又沿着林中小路跋山约5分钟，迎面遇见用竹木搭成的门楼。门楼右边有

“文殊拜经台”朱漆大字门牌。

进入门楼，在齐人高的苞茅覆盖的小路上继续前行几分钟，我们便来到了拜经台。拜经台分上下两处。上处是经中之母——《心经》拜经台，正面石壁上刻有观世音菩萨像和两旁的金童玉女石雕。施工人员正在打磨石壁，着手镌刻《心经》，然后打造讲经台并在地面石面上镌刻99朵莲花。莲花上届时放上蒲团，供信众、僧人听高僧讲经说法。下处正面石壁中间刻的是十方法界图，正面和左侧石壁上刻有金刚经和三品。讲经台和地面布局同上。不过，地面准备镌刻999朵莲花。我估算了下，光下处讲经台正面就有200平方米左右。如此巨大的花岗岩石刻是我平生头一次所见。耀理说这块石头堪称全国第一，拜经台也是碧云湖石雕之冠。

阳光正好，风亦温柔。每行一处，风掀茅草，给我开路。我驻足经台旁边的山顶，一览无余，群峰起舞，偶见薄雾轻萦，山峦亦若青龙出海。

沿着拜经台左侧下山，顺着新修的被雨水冲洗得支离破碎的山中土路，我们一路梵音相伴，目不暇接于藤蔓、灌木正在吐蕊的五彩缤纷野花。文殊台未到，仙境已显。

耀理说，文殊台的历史悠久，它过去是道观，后来叫关公庙，清朝称万家堡。

她着重为我讲解了万家堡：清同治三年（1864年），强匪骚乱，黄梅百姓深受其害，人称“湖北第一才子”、自号南阳布衣的邓文滨“留心桑梓，不肯听其崩溃”，主持这一方。当时英雄云集，万家堡住有两万余人。邓文滨建议垒石筑城，与三弟文鉴等人在黄梅西北部创筑万家堡以御贼，断绝安徽、江西等地游寇的后路。开工之日，邓文滨亲与百姓一起筑工事。在守城与匪奋战时，文鉴不幸殉难，时年四十四岁。文滨悲痛万分，带领百姓奋勇御敌，终使众贼退去，百姓转危为安，均感其恩德。

邓文滨生性旷达，笃于至行，生平“以山水自放，尝游京师，历西山，过齐鲁，览泰岱”，所到之处，必交贤豪。他疾恶如仇，遇到不平之事，必当面斥责，其耿直的性格，赢得了时人的普遍尊重，在百姓中享有较高的威望。光绪年间，邓文滨于万家堡安享晚年，杜门不闻理乱，洁其身以垂训于后世，亲课子孙以读，日以著述自娱，闲暇之时则与山民野老谈论古今轶事。

耀理说，等会儿我们就能见到邓文滨曾在此修行的遗迹。文殊台的名字也像碧云湖一样，是崇延法师起的。至于刚才所看到的“文殊拜经台”等朱漆字是由圣清法师在此闭关时写的。

我们下到一个石门处，没有继续下行。因为修路，石门门槛明显高出路基一人多高。耀理带我们爬上去，让我们见证一下当年万家堡寨门的风采。石砌的门模样依旧，但题字黯然失色，门槛上的字只有“罪”字可辨，其他几个字，我怎么也猜不出来。

从石门往文殊台一路荆棘丛生，险象暗伏，我们不得不原路返回支离破碎的山中土路。耀理边走边说，这是山寨南门，保存较好，其他东西北三道门，她也未曾见过。

我们折回支离破碎的土路，朝右步行三十来米，便能望见竹木搭成的文殊台门楼以及“文殊台”三个朱漆大字。在文殊台门楼左旁大石上依稀可见“五福泉”镌刻字迹。石底是清澈的泉水，壁上可见“洗笔池”字样，这里是邓文滨当年的洗笔池，听说这块石头上以及附近石头上的字迹都是邓文滨当年所书。五福泉石上的另一块大石壁上有诗文镌刻，年代久远，字迹模糊。但我从依稀可见的断文蚀迹中，判断这应是一首写景入禅之作，应该也是邓文滨之作。在五福泉和这块刻有诗文的石头稍右、文殊台门楼靠左的另一块巨石壁上有“万家堡”“邓文斌读书台”字样以及他的印章、画像。风蚀日化，也难以辨认真切。应该说，这里是这位先贤读书修身养性之地。至于是不是宝掌和尚及其他大德、高僧当初在此修行，留下道场，这位颇有福慧的先贤与之有缘，未加考证。实际上，即使有闲，我也不做这类没多大实际意义的事。因为过去的岁月，该留下的已经留下，至于能否相遇能否拥有，需要每个人的慧根和机缘。净慧长老也在此修行过，他是否在此悟出生活禅？我问松竹，清风作答。

走近文殊台，竹林深处的喜鹊欢叫不停，似乎跟在我的身后，陪我走进这座用竹篱围就、青石铺成的世外闲居。“福慧”朱漆二字，立入柴扉两侧，带你步入福慧双修的境地。篱笆院墙内种植了几棵正开得耀眼的油菜花。藏经屋门紧锁，我一介俗人，被挡槛外，但从窗户望去，经书琳琅满目。经屋右侧有文殊洞。我顺着梯子下去，打开手机手电筒，一探究竟。洞不深，两米许，亦不大，差不多九十平方米。洞里干净干爽，洞左侧有门直通藏经屋。门紧闭，我只好折回，沿着梯子出洞。然而就在这座洞里，古往今来多少高僧大德闭关修行，觉悟人生，奉献人生，从而拯救苍生！

我对耀理说，文殊台是自我净化升华的道场，文殊拜经台则是“教诸菩萨，无数亿众”的圣地。她深以为然。

初来乍到，来去匆匆，但我的心又一次经受碧云湖山水的沐浴，阳光满怀，不禁吟道：篱内黄花三两枝，云中桃李艳芳迟：竹林喜鹊随行叫，五福泉边福慧滋。

三　月

三月，是一年中最灿烂的月份，正如妙龄少女一样充满青春与梦想。我可爱的碧云湖在这样的时光，一定妙不可言。我得去看看她。可是去见她一面，谈何容易！除了节假日之外，我少有空闲；还得有便车，我可不会驾车，而且喜欢观察与思考的我，平时骑自行车也会将行人撞着，或者自己与大树狠狠“拥抱”一下。有一段时间，我骑电动车，速度飞快，心不在焉，惹过不少麻烦，几次闹到交警大队。为此，比较长的一段时间里，我选择走路，一来可以锻炼身体，二来能够节约每趟 1 元的公交费。节约下来的钱可以到单位附近的老面馒头馆买两个大馒头。这家馒头馆，卖了几十年手工做出的老面馒头，口感不错，安全放心，经济实惠。我从二十世纪八十年代末从家乡英山调到黄州便开始享用这位专做老面馒头的师傅的杰作，且为之写过散文《老面馍》。《老面馍》意欲表达我们每个人在一生中专注一件事并努力做好，其成就会令你出乎意料。同时，从自我意识谈到创作——“自然、质朴、真诚、实在的才能永恒，满足大众需求、符合大众口味的才有市场，用心去做、求真务实、苦练内功才是制胜的法宝。”

去一趟碧云湖，来去没有两天的时间，不够路上折腾的。好不容易去一趟，总得与她待上一个晚上，好好倾听她的心声。

这个机会终于来临。就在这个周末，不算阴郁的天气，我搭乘一个朋友去老祖寺植树的车，于是又一次见到了春天的，而且是阳春三月的碧云湖。

见到她时，中午12点整。寺里的斋饭已经用过，斋饭每天在上午11点进行。这个于僧众而言，属于重大佛事之一的活动，远胜于一场婚礼的饭局。出家人和信众衣冠整齐地进入斋堂，分边落座。进门左边是女信众，右边是男信众的座位，中间是礼佛通道。每个人面前放两个瓷碗、一双筷子，筷子下面垫着餐巾。在领诵经僧的带领下，其他出家人一起唱诵经文（主要是准提神咒），其他斋客将双手合十于胸前。诵经过后，有专门的添饭菜的出家人或做义工的居士走到你面前为你服务。你只需坐在原地不动，并且虔诚地止语。等添饭菜的人为你的饭碗添好饭菜，你就可以用斋了。用斋时，你必须将饭碗端放在手上。平时在家那种吃法，在寺庙会认为你对佛之大不敬。饭菜乃是滋养我们众生的神。你尽管虔诚用餐，不时有人来到你面前加饭添菜。如果你需要饭菜，就将饭碗放在面前的桌边，反之不必；需要多些的饭菜就伸出大拇指，少些的则伸出小指头，他会根据你的这些动作为你进行满意的服务。最后，还有人给你加汤倒开水或者给你一个苹果、柑橘、香蕉什么的。但是，你千万不能剩菜剩饭。假如你的饭菜掉到桌面上，自己不捡起来吃，旁边人会主动帮你捡起来吃。这在出家人看来，是你的福报被他人给拾掇走了。等大多数斋客吃完，领诵经者又开始做斋毕之礼，所有斋僧唱诵经文。

唱罢，吃完了的离席出斋堂，还没吃完的或者没有吃好的可以继续用斋。

去过几次老祖寺，我只赶上一次这种重大活动，但我深受教育与启发。在我参加各种饭局或在家里用餐时，我学会了惜福，不敢轻易浪费粮食。如果我们每个人都像出家人用斋那样，对粮食采取无比珍重与感恩的态度，不糟蹋浪费，讲究科学与营养，坚持光盘行为，我们就为社会和自己做了无量功德。想想那些剩饭剩菜、那些一掷千金的酒局，我们难道不应为自己的行为汗颜吗？我们人类这样不顾一切地挥霍、浪费，不是对自己的生存不负责任吗？

是的，我们在创造越来越多的物质财富，包括轻而易举就能生产出来的食物，但是如果不加节制和珍惜，就如一个乐意做功德的人，一边做损人利己的事，一边向佛门捐献财物一样，功过相抵，最终什么都没做。我们还需要做什么呢？节俭、朴素、质朴永远是人类最美的品德与要求，无论高科技如何发达，无论将来走向哪个星球，这些品德都不会过时和消亡。

这次来，我没有赶上这场盛大的仪式，去了碧云湖西头附近的云峰山庄吃饭。饭菜三菜一汤。汤是番茄蚕豆青菜做的，另外有一个珍珠野菜烧豆腐、一个青菜苔、一个野竹笋干锅，清淡而富山中特色。我和同行的朋友美餐一顿。同行的朋友们需要匆匆赶去植树，我也就不敢恋餐。

他们到湖边的海螺山、笔架山、宝塔峰，寻找从黄州而来正在这一带植树的朋友。我则沿着湖边的道路与我心中的碧云湖幽会。

午后的阳光闲居云层，让我和碧云湖能大胆地一叙别后之情。正如人约黄昏后，是一种浪漫，又是一种方便。三月的阳光太懂我情湖意了。从湖边掠过的风不冷不热，湖面泛起淡淡的微澜。经过一个冬天，她看起来成熟了些。不过，似乎瘦了。湖水比去年秋天和初冬来时，水位下降了。但看起来没有憔悴和伤感，而且比去年冬天最后一次见到她时，要有生气多了。湖边的山胡椒、面杆条、通草、清香、金樱子、鸡尾树等植物吐出鹅黄的或粉红的大小不一的花苞。少见的垂柳、杨树也发出新芽。天空厚厚的云遮挡着阳光，灰暗的湖光被眼前的亮色覆盖。

我停留在湖上游的入口处，着实观察了进水口处清澈见底的水源，然后顺着进水的渠道追溯上去。从莲峰山上下来的溪泉汇聚成一条小河，河水经由渠道缓缓地流到湖里。我探完水源，沿渠堤返回，从进水口的湖岸继续沿着湖边前行。潺潺之音从山边的一块刚修剪过的茶地传来。我走近细看，一股清泉从茶地边的山沟里流出。啊，流入湖里的溪泉不止刚才发现的一条咧！我顺着茶地边的沟堑，穿行在松柏树、翠竹丛生的山林中，一只飞鸟腾地从头顶飞过，惊得树上的枯叶落下几片。我抬头望了望茂密丛林，稀疏的云彩挂在苍穹，正监视着我的一举一动。透过茂密的竹林，又看到一挂石瀑。稀薄的溪流从高阔的石面上淌下，流进杂草覆盖的河沟，然后流进湖里。

我知道碧云湖为何如此清新碧绿了。大自然的精华永不停歇地汩汩溢出，又不辞辛劳地汇聚入湖。湖面如镜，亦如少女的容颜。天空如何变化，人心怎样变化，一股脑儿照见在她的脸上。因此，要了解四季，了解阴晴，了解心情，不如站在湖边，静静地观察湖水的变化。

我继续前行一段路，阳光从云层露出姣容，晒在身上，融融的有些倦了。我便坐在湖边的一块巨石上，闭目养神。微微的春风，和煦的春阳，加上这恬静的湖边，我很快卖身于梦。不知过了多久，是湖对面来老祖寺朝拜的善男信女的车声，将我吵醒。我揉了揉眼睛，环视四周。

湖面波光荡漾。瓦灰色的天空微微漾出狭长的湖面，无数斑斓闪烁其间。间或可见几只白色和麻灰色的鸭子在浮水、觅食。嘎嘎之声此起彼伏。和它们同处一湖的红、白、黑、金黄、花白的鱼，游弋到我的跟前。密密麻麻的鱼群仿佛一个画家在天然的碧云湖上刚绘就的斑斓。两只白鹅带着其他几只迅速游过来，穿梭于各种颜色的鲤鱼之间。鱼儿在它们的身边自由游动。我奇怪，鹅怎么不吃鱼呢？假如鹅食不下大鱼的话，浮出水面那些小得不到半两重的鱼不可尽数。

湖边林中不时传来鸟儿的叫声，有的如清脆而短促的笛音，有的似马达启动前的急促的轰鸣，有的宛如刚出壳不久的小鸡发出的叫唤……声音有长有短，有浊有清，有高有低，有疾有缓。据说，山中、湖边共有二十多种鸟。此行，我没见到斑鸠、老鹰、山鸡，但画眉、灰雀、水鸟、鸽子等，不时映入眼帘。我在湖边行走，觉得在赴一场鸟类召开的春天合奏会。

沿湖边行走，我刚才还找到了湖水的其他源头——从崇林寨，亦称重阳寨，老祖寺对面山中流下的多处溪泉。山中瀑布不大，可是泉水流过的痕迹能够见证岁月的沧桑和长流之水对碧云湖的滋养，以及山有多高水就有多高的自然魅力。源头活水，清澈见底，细小的鱼箭一样随着瀑流闪出，一眨眼就没了，然后又一批闪亮登场。被岁月磨圆的鹅卵石，在沟渠、小溪边随处可见。我用手掬清泉畅饮，水温凉而清澈，韵味无穷。

进入湖里的源头活水处，清晰可见红鲤、白鲫等一些叫不出名字的鱼。它们不是三三两两自由游弋，而是成群结队靠岸旅行。许是被复苏的大地的春色撩起芳心，想告别家园，到梦之绿洲看看究竟罢。也许有人告诉它们，在很久很久以前，它应该像绿地动物一样，远离水而在绿地生存。因为祖先们故步自封，将海岸湖岸作为抵御外敌入侵的屏障，而甘愿留存水中。因此，这批叛逆者，痛定思痛，做如是大逆不道的行动。也许，碧云湖是寺庙用作放生池，有幸成为池中尤物者，太过安逸，想给生活来点波澜，才不顾自身局限，斗胆一搏罢。

然而，我们的人生需要这样的创新与设想，认知自我又设法超越自我，方能与时俱进，做时代的弄潮儿。

我走近这群弄潮儿，站在岸边。它们没有离去，而是将微风漾起的湖波掀得更开更大，仿佛在向我这位不速之客示威。我肃然起敬，不敢离去。半晌，鸭游过来，浪惊动了它们。它们倏忽不见了。嘎嘎声不知是因得意还是为警示，将湖面的阳光撕得凌乱。

我望见对面湖中的倒影，刚才笔挺的杉松上那只云雀的倒影也无踪迹了。啊，明白了——我的来去，这些精灵们在水中早已知晓。就如我能看到它们一样。它们也许不是为着春天的故事想上岸，而是好奇或欢迎我的来去。我可笑自己过于自恋自大。我们人类谁不是这样呢？为了显示自己的崇高抑或强大，在短暂的人生莫名地寻思、拼命，攫取、占有……结果都为极少数人作嫁衣裳。健康失去了，良知被卖了，才智被消磨了，拼得死去活来，到头来空留遗恨。而这山中的树木、花鸟，水里的鱼、鹅，是多么明智！

山中的小溪和入口处沟渠的水，发出的潺潺之音和这座静谧之湖以及湖边的崇山带来的悦耳旋律，让旧年枯萎的草木抑制不住内心的激动，相继发芽，露出鹅黄或粉绿。冬季凝滞的湖色，也活泛起来。阳光窝在云幔，在谱写大地的春之声，在准备给碧云湖的春天一个惊喜。

我想一直环游一圈，前行的湖边道路断了。山脚的树林直插湖水。断道的左边山上有一条山路。顺着这条山路，我以为穿过这座小山可以沿着湖边继续前行，上到山口，才知道“此路不通”。我不情愿地从原路返回，穿过寺庙，东行三百米许，路过连接湖两岸的水泥拦湖坝，到宝塔峰和笔架山，去见今天来老祖寺义务植树的大军。

植 树

老祖寺庙门前有两块江底巨石：一块洁白的石头，上面刻有“法华道场”；一块红润石头，上面刻有“南无法华会上佛菩萨”。寺庙正门有副对联：奇峰绕寺莲千瓣，宝镜当门水一池。对联很好地概括了碧云湖及老祖寺的得天独厚之处。

这座人工湖，原名喷雪岩水库，现任住持崇延法师将其取名为碧云湖。湖里的水质长年无污染，湖水流进山下的龙坪水库后，供黄梅、武穴的部分居民饮用。寺庙对面的莲苞峰脚下的湖边道路新近种了紫薇、海棠、桂花等，以弥补人类劈山、围湖修路等对自然环境造成的损失。

大自然不是不可以被改变的，为了在保持她原有的风貌基础上，让她更加美丽富饶；有破有立，这也是自然赋予我们的智慧、权利。我们在破立之后，选择适当的修饰与弥补，尽可能经济、科学地恢复创伤，她将不会责怪我们的善意之举，而且会给予我们更多的回馈。

我们每年在三月植树造林，也许是基于这个理念罢。不过，同行的紫薇、海棠、桂花树苗的捐献者大高告诉我，每年植树，是因为人类对大自然的破坏太急剧太严重了，通过植树可以弥补过失，救赎自我。

大高这个“70后”的生意人能够有这样的想法，热衷于做公益事业，在这个食利时代，是难能可贵的。曾几何时，潘多拉的盒子被打开后，人性的私欲被点燃，自我焚烧殆尽，不知所以。信仰危机、道德缺失、物质利益最大化的追逐，逐渐蒙蔽了人类的慧眼，使之处于深度的贫困黑夜之下。不少智者在呐喊，也不乏心灵按摩师在按摩。但是，呐喊归呐喊，按摩归按摩，很少有人能够真正自我解剖，自我警醒，自我拯救。我常常看到许多人宁可当无聊的看客，也不愿做自我觉悟的行者；宁可口诛笔伐攻讦，也不愿吾日三省吾身……

从湖水源头到寺庙的湖滨公路，有高大笔挺的杉松掩映。在几棵簇拥的杉松旁，我突发奇想，将几棵笔直的杉松拦腰一围，在它们中间,搭建一座吊楼式小木屋,那是非常惬意不过的事了！我可以像湖中的鹅那样，到了傍晚便回到湖边那由大高给它们构筑的鹅棚中，永远生活在湖中。我栖居在小木屋里，更加亲密地亲近大自然，以体验人类远古时代居住树上、山洞时的生活，感受上天的恩赐。

离群索居一段时间，或许能够清洗凡尘俗虑，明了自我，又一切无我。树底下正好有个石墩，可以垫脚上到那座小木屋。我开怀大笑，两只躲藏在树枝间的花白云雀“嗤”地一声飞离大树，向湖心飞去。伊是否感受到了我的入侵呢？是否可笑我的言大于行呢？是否质疑我的一时冲动，其实不能真正远离灯红酒绿的繁华而独处这清幽之地呢？

我的心情分外好，抬头看了看立在几棵杉松附近的“天外双峰”牌楼。想起去年初秋曾留影于此的情景。那时我对碧云湖是陌生而新奇的，就如人与人的初识隔着一层白纱，彼此看起来不甚真切却喜欢看个究竟。如今，我似乎融入了这片天地。碧云湖对我也有所了解和接纳，我感到十分熟悉与亲切。这是难能可贵的，因为人生最幸福的事，不是初聚之欢，而是久处不累。一个人在一个地方待久了，有选择性地到另一个地方小住，可以去除倦怠、惰性，可以激发生活的兴趣，让心灵重生。譬如乡愁，其实不过是对现状的某些不满及对已逝时光的留恋。过去的岁月、现在的故乡未必比当下你我居住的环境要好，因为久处生尘，心灵无以净化，我们便怀旧便伤感。我们人类喜新厌旧，又厚古薄今。那样自我不安分，那样无以释怀，以致无休止地折腾，追求身外之物，而损人利己，损己害人，甘做自我的奴仆。

碧云湖春日的天空易变。午后的阳光偶尔露露脸，以迎接来寺庙朝拜的信众，和来碧云湖幽会的我。此时下午三点一刻，我沿老祖寺前的湖滨道路，走到笔架山时，海螺山和宝塔峰的植树者陆续离去。天空在湖面的倒影的颜色暗淡起来，粼粼波光已不多见了。

寺院住持和与我同行的几位黄州朋友还在笔架山种植紫薇和海棠。我要了几棵树苗，从朋友手中接过锄头，在陡峭的山坡一连种下 5 棵紫薇和 5 株海棠。

山坡正对老祖寺，种植的树苗穿插于迎客松、橡栗、水杉等树间。我想，几年之后，我们再来老祖寺，站在庙前就能望见开得耀眼的紫薇与海棠了，同时能尽情地吮吸着阵阵湖风送来的芬芳。原生态的碧云湖在人工的打造下将会越发娇美。植树在另一种意义上，不仅仅是救赎，还是一种创造。大自然创造了人类，我们也在为美化自然而不断革新、完善。在一个懂得尊重自然、热爱自然，建设绿水青山的国度，身处其中的每个公民都是无比幸运而幸福的！

在大家共同努力下，计划栽种在笔架山的树苗很快植完。住持说，原本他们晚上不用餐，鉴于植树，晚餐照旧。并说，来寺庙居住的信众晚餐时间一般定在下午四点，要我们赶回庙里吃饭。

我们收拾好工具，跋山来到海螺山。海螺山介于笔架山与宝塔峰之间，紧邻笔架山。在一块比较平坦的空地边堆放有两捆紫薇树苗。友人提议，将其植完再回去。我们连忙挖坑的挖坑，拿树苗的拿树苗，大约干了半个时辰，又将它们全部种在苍松翠柏之间。这一次，我种了10棵紫薇，感觉收获不错。我站在我最后种植的那棵紫薇旁，叫朋友帮忙照了张相。

寺院的大门在我们回去的时候已经紧闭。我们只好走东头的侧门进寺。晚餐是面条加馒头。面条里有各种青菜、豆制品，营养丰富而易消化。饭后，天色尚早，太阳在西边的云层里，放射出灿烂的晚霞，将西边的莲花峰染得绯红。按说，应该离太阳落山还有一段距离，这时下午五点刚过。我和同行的摄影家从进寺的侧门出去，再探访日暮前后的碧云湖。

这个正是我们需要的。艺术作品总是在发现中产生的。山峰、湖泊名字一样，但各有千秋，需要有心人去发现去甄别去表现。而且，对于形象思维的作品，我们要及时捕捉并且即兴表达。它与逻辑思维的作品是不完全一样的，尽管都要对生活进行沉思，对主题、观点进行提炼。

晚霞映在碧波微荡的湖面，宛若少女的羞怯抑或初恋情人久别重逢后脸上泛起的红晕。鱼类在霞光怡荡的水中嬉戏，鹅依旧游走其间。有两只扑向湖面的野鸭，像两条急速飞走的水蛇，将湖水划成平行的两条直线，“吱”地一声叼起鱼飞离湖面，一直飞到附近的山林。刚才浮在水面悠闲的鱼儿倏忽隐身于水的深处。

大自然就是这样，无论怎样和谐、静谧，总有不平静和不如意的地方。早期的朴素辩证法和后来的唯物主义哲学都充分论证了适者生存与存在就是合理的观点。海德格尔的存在主义更是在人的存在问题上阐述了现世界生存的意义。面对竞争、死亡，我们应该做好深度解析，认知真正的自我，将生命的正能量外放，直至人生的终点。一个强大的人不完全是健全的体魄，我曾遇到许多身材魁梧的人其实胆子小得连走夜路都怕，而许多看似弱不禁风的小女子或瘦削的男人心底宽广意志坚强。心灵的强大才是一个人强大的标志。民族、国家的灵魂是其存在的精神支柱，否则跟纸老虎没有什么两样。

夕阳的余晖持续了一段时间，许是下山了，西边的云彩由方才的绯红变淡，几乎只有一抹浅浅的粉红。白里微微带黑的浮云愈积愈厚，大半个银白色的上弦月漂浮于碧云湖上空。夜幕在悄悄覆盖湖面、山峦。月儿走得挺快，刚才在我们的头顶上空，陪伴我们散了会儿步，一转身它走到离我们几百米远的天空。寺庙前开阔的平台，紫衣观音佛像旁，偶尔传来咕咕的叫声。我们走近，原来几只白鸽在那里玩耍。见到陌生之客，它们没有惊慌地飞走，而是将我们当作老朋友，如家中饲养的鸡群一样若无其事地站在主人跟前，干着自己喜欢做的事，如嬉戏、接吻、觅食。

湖面的鹅向岸边游来。摄影家不停地捕捉夜幕下的镜头，我则向鹅的方向寻去。红白褐黄等各色的鲤鱼汇聚湖岸石阶旁，像是欢迎鹅群参加它们晚会似的，兴奋地游动着。湖光隐没，月色朦胧，紫云山下的寺院愈加静寂。

夜晚，我和摄影朋友住在“自他两利”的寮房。寒气袭来，我才意识到清静、虚空之后，人体对山寺对碧云湖的傍晚气温的错觉，缘于兴奋与爱。房间没有空调、暖气，但床板内有电热毯。我打开卫生间的水龙头盥洗，哎呀，水似冰一样刺骨！午后阳光暖照下的湖水与此刻的水迥然两样，真是冬春两重天！山寺的静，白天的疲倦，原本催我早眠，可是寒气太重，电热毯送来的热意还不够温暖我的睡意。我只好起身到隔壁的房间找了床棉被加盖，便很快进入梦乡。

摄影朋友本来邀我第二天清晨去看碧云湖的朝霞。因为彼此太累，又在无比寂静的祥和的寺院休息，我们七点才起床。等我洗漱完毕，朋友从外面进来，道，早餐过了，没吃的。我说，那怎么办？他说，不吃了。说着他背起摄影器材，离开房间。

我来到斋堂，门已锁。寻思早餐就不吃了。我突然发现在进门的案几上放有供未赶上早餐的食客吃的米糕、薯片。我随手拿出两片米糕，边吃边想，寺庙的一切都是那样完美、周到。我们在生活、工作中，如果像他们一样总是换位思考、为他人提供方便，我们的世界怎会不充满爱、阳光？过去对寺庙的偏见，对宗教的不解，通过诸多的小事、小环节而化解，我觉得存在有存在的理由，这句哲言不是无稽之谈。作为一个无神论者，我学到了一些生活、生存的哲学。

早晨的寺院，阳光普照，红墙黛瓦熠熠生辉。院中蜡梅、千叶梅正热闹地开着，笑迎阳春三月。阵阵馨香和着檀香，沁人心脾。我立刻走出寺院，来到碧云湖边。原本清新的空气在微风的吹拂下，让你感受到天地的精髓是如此的醉人！天空如洗般湛蓝，湖水因此也蓝得似刚染过一样。能够看到这样的蓝，在碧云湖，我还是头一次。我感谢自己，也感恩给我提供这种难得机会的他者。鹅早已从湖边的家出门了，到湖中觅食、散步。山峦、寺庙等一切岸边的景物都投影湖中，无论你置身何处，都能见到它们的倒影，清晰的，美丽的。

昨天还有好多桂花树苗没种完，住持在早餐后就带领僧众和信众到莲苞峰植树。我习惯吃早餐，便到昨天中午吃饭的云峰山庄花 10 元钱买了碗鸡蛋面条。在等面条送来前，我向山庄的老主人打听碧云湖边的一些花草树木的名字，他不假思索，信口答来。我请他当向导，正好摄影家朋友打来电话催我赶到莲苞峰，一览碧云湖景。

我跟在我这位免费向导的身后，他比我年长。他回答了我许多不明白的问题。我由此总算知道一些花草树木的名字，还有鸟类、鱼类的名字。他告诉我，他年轻时当过民办教师，喜欢研究当地的特色，对这一带生长的药材十分熟悉，并且前些年挖空心思给当地的野人参专门取了个独特的名字，叫老祖参，其因此在武汉等城市销量可观。他说，一件物品光好不行，还要给它取个响亮的名字。我完全赞同他的主张。万物向来势利，水往低处流，树向阳光长。万物之灵的人类更是长有一双势利眼，总是那样自我感觉良好，又是那样无知、狂妄。

他说，人生在不同的阶段，要做不同的事。譬如，他中年时办过企业，老来搜集老祖寺的药材、花草、树苗，想编本书，现在又想搞盆景栽培。反正人就是喜欢折腾，累了嫌烦，什么事不让干、不能干又感觉空虚无聊。

我十分满意，早晨那碗面条买得值，能够让自己遇上这位当地的“百事通”。我们便一路走，一路聊起碧云湖、老祖寺……从他的交谈中，我知道黄梅三大寺庙都是风水宝地。如老祖地处莲花地，四祖地处燕窝地，五祖地处凤凰地，也从他口里了解到，老祖曾几度兵毁，当地人把庙地用作种茶，后于二十世纪九十年代初重修，又毁茶建寺。人就是这样折腾来折腾去，青山依旧，绿水长流。

我们沿着昨天午后我独自寻路的山路直上。笔陡的路旁可见刚栽下的桂花树。老人说，树种得太密，不易成活，最好每隔两米一棵。我说，种下去的不见得都能成活。等过了夏天，大自然或许会择其好者存活之。

山中野茶树开出的白花点亮林中春色，映山红、樱桃树也准备着花骨朵儿迎接阳春三月的来临。松树、水杉参天茂盛，一只山鸡在不远处的树枝间怀春鸣叫。

老者说，在新中国成立不久，山中还有老虎。在古时候为了不让虎为人患，当地人在老虎周围砌了石墙。墙的旁边又围有猪栏和狗圈。狗是用来监视老虎的，猪是给老虎充饥的。通过打护结合，防止虎患。我惊叹于前人对动物的防范和保护，不到万不得已的时候，人类是不会轻易杀戮生灵的。我们才得以有今天的蓝天绿水，有那么多能够享用的自然瑰宝。我们应该感谢祖先，感谢他们不但给予我们以生命的传承，也给我们留下丰富的可供延续生命的资源与经验。我们在物质越来越充裕的当下，有什么不值得生出幸福感的呢？又有什么理由肆意践踏与挥霍无度的呢？

山上的残枝败叶太厚，路很不好走，几次我差点滑倒。老者倒轻车熟路，并从路边捡起一根树枝交给我做手杖。

我们上到峰顶，小憩在两块毗连的大石上。晴朗的苍穹依旧蔚蓝无比，极少见的几缕白云仿佛西湖的美女新上的淡妆。对面的紫云山及莲花双峰看起来与我平齐，隔着一道碧云湖默默相望。山高峰秀，在它的脚下我仰视而自卑；此刻因为我艰苦攀登达到光辉的顶点，我们平视而平等。人类渺小却智慧，从而伟大而无可穷极。我足下的碧云湖现出天空蔚蓝的清纯，俯视就如一段藕带。藕带、莲花、生活禅，在这个特别的山水合一的所在，的确有它的神奇与不为凡人所知的奥秘。我们唯有打开心扉，沐浴蔚蓝色的清纯，屏息静听，才能感知一二，才能照见自己一二。

老者说我将碧云湖比作藕带比他比作莲藕更贴切得多。因此他说更加欣赏我，尽管每天来山庄吃饭找他当向导的人不乏记者、作家、编辑、摄影人、教授……我很喜欢听这种话，但立即保持缄默。

下山的路于我来说，基本是摸索前行。林中很多楠竹倒塌或者折断。我很奇怪，问老者为何。他告诉我是去年冬天那场大雪压弯压坏的。我想象着碧云湖去年那场瑞雪，雪后湖面一定冰冻了。可他说湖面没有结冰。我深感意外。

他笑道，这有什么不解的？湖水冬暖夏凉。你下个月来，湖面开始起雾，将看到虚无缥缈的境界。

将近湖边的林中，我们赶上了植树大军。桂花树苗栽得差不多了，但离庙里用餐时间也不远了。我连忙从辛苦了一上午的一个未曾谋面的植树者手中接过铁锹，又要了5株树苗，在遭遇去年冬天那场大雪被压垮、压断的竹林里，见缝插针地种上桂花树。全身微汗，心里说不出的爽快。

都市里的湖

真正的隐士时代，似乎过去了或者即将过去。其原因有互联网的普及、交通工具的迅猛发展、城镇化的快速推进，更重要的是科技革命改变了人类的思维方式与生存环境，全球一体化、生命共同体的建立与所发生的作用日益明显。我们隐居，也再无法与外界彻底隔绝。大隐隐于市，成为更多玩世不恭、看破红尘以及自视甚高者的最佳选择，但身隐心不隐者居多。真的隐士凤毛麟角。一些智者的希望总是一天实现共产主义式的，对历史、当下抱有十二分不满，一些唯我独尊者的好恶感极大程度上以自我的感觉为参照。事实上，社会、生活、人生的发展有个渐进过程，有时还需要回转到过去再折回来，在曲折中渐进。希望总与现实不完全同步。主观与客观原本矛盾。人类发展之路仍然充满荆棘与艰辛，但这条通往自由、幸福之路一直在被修筑在被维护，从未停止过。

我之所以钟情于碧云湖，是希望有一处恬静、清静的环境给我们每个生活于都市的抑或漂泊已久的人，安放劳顿的身心，不至于迷失自我。然而，现实生活中，像这样的湖无处不在，尤其是在建设美丽乡村、文明城镇的今天。我们为生活所逼，因生存异化，纵然路过或者置身其间，也是匆匆错过，自我遗忘。

都市里的湖同样能够让人放飞心情，清洗灵魂，观照自我。我曾多次在当地新型职业农民培育培训班上授课时讲到，未来最体面而富尊严的职业是农民。“一人种粮数千顷，不再面朝黄土背朝阳；信息科技均拥有，北斗应用农机谱华章。振兴老区强农业，决胜全面奔小康。新型农民真逍遥，日作夜归乐无疆；田园风光才赏遍，都市丽景又徜徉。”这是我在《学思践悟之农机赋》里的歌唱，也是对未来农业农村农民生活的向往。

在我们的星球，我们的国家，已有一些地方实现了我的这种期盼。农民种田靠机械，靠智能信息、科学技术，白天去乡村兜风似的查看植物生长情况，欣赏田园风光，晚上回到都市融入现代人生活的节奏，放飞梦想。城里人白天劳顿了，可以去都市里的森林公园、人工湖散步、健身，节假日可以到乡村旅游，调适心态，在天然氧吧畅快呼吸，品农家乐、赏大地新景。城乡不再是昔日贫富悬殊的城乡了。现代文明已经融入偏僻的山村，农民的整体素质得到大幅度提升。

可是，一些舶来品也污染了乡村的纯净，那一颗颗纯朴的心受到不同程度的污染。在这个星球上，还有的地方森林被破坏，植被无以抵御山洪的恣肆；食物、水、空气等人类赖以生存的要件被人为破坏，健康被剥夺……为了狭隘的宗教偏见、为了强权政治，牺牲同类攫取最大的政治、经济利益；乡村、城市硝烟不断，生灵涂炭。

我们在不同的国家、不同的城市都建有风景旖旎的湖。湖光水色给人们以无穷的享受与沉思。但都市的喧嚣、人性的弱点又怎能让湖水永葆澄净呢？当我们读到诗人、作家笔下描绘的湖，我们无比憧憬，忍不住不辞辛劳去一游。当我们行走在陌生的湖边，却难见他们笔底的美景。

或者，我们每天在身处都市的湖边漫步，同样看到湖水在阳光下漾起粼粼波光，听到鸟儿悦耳地鸣叫，感受湖风的轻抚，但很难减轻每天为房贷、车贷、上学、就医等带来的生存压力。轻松一刻对多数想赶上潮流的人来说，太奢侈也太奢望了！我们总能在湖边遇到熟人，见面多半聊起奖金、晋升、房产之类话题，平静的心宛若树欲静而风不止，清一色让你我无奈、焦虑。我们为了所谓的尊严、幸福，每天白加黑拼命获取物质的享受与对欲望的最大满足。许多人认为，人与人之间、人与自然之间不应该平等，只有打破这种平衡，才能显示自己的强大。虚伪的笑容后面隐藏着战胜者的得意与骄傲，为了保持一副谦谦君子之态，一些人还在大庭广众之下传授“己所不欲勿施于人”“平安是福”之类的伪善理念。为了实现自己的崇高与强大，忘我的人背负镣铐在走向地狱的路上跳舞，直至死亡也不见得幡然醒悟。正如我曾经写的老Q，这个一生痴迷“副处长”到死未能如愿的小人物，死后三天不合眼。当单位来人吊唁时，念了一句“老Q，局党组已批准你享受正科级待遇。安息吧！”死了三天的老Q真的合上了双眼，脸上的疣也似乎不见了。

从碧云湖回家的晚上，我睡得较早。半夜醒来如厕，窗外夜空的上弦月与我在老祖寺所见毫无异样。明亮的月儿悬挂夜空，似一位母亲在婴儿的摇篮边陪伴，以消除其黑夜的孤独，又像普罗米修斯盗火给人类一样，给夜行的动物以温和的光照。

我所居的小区是二十世纪九十年代在黄州城建造的第一座住宅小区，有些破旧，离街区较远，车声能够传进来音量却不致令人烦躁，尤其是在深夜，基本无声。我油然感慨，过去只知道贪睡，而忘了对明月下的居住环境的观察、感激。是啊，身处繁华、热闹的所在，常保持一颗淡定从容的心，面对各种外在诱惑、干扰，我们同样能找到生活的快感，尽情地享受现代文明赋予我们的幸福。胸中有一座“碧云湖”，还用得着探寻她的出处吗？

但是，我所提倡的平和、平静，不仅仅依靠心灵的自我清洗，也要反对精神上的奴役，更不希望因为人类自我一时蒙蔽而让一些不法分子趁机采用反科学反人性的行为戕害同类。作为政府、学者、工程师等为大众幸福服务的一方，要站在人类命运的制高点规划、设计有关生态、城乡、科技等发展思路，最大限度确保人与自然的和谐。譬如工厂应单独建在远离城市的生产区，城市大力发展公共交通，如地铁、公交；新能源的使用；地域、国家之间开展广泛的人文、科技交流与融合，将最新的优秀成果惠及全人类；一切武器逐渐淘汰直至消灭，将制造杀戮的武备之人力、物力、财力投资在改善人类生存的环境和生活质量方面；依靠科技发展的成果减轻并代替由劳动力承担的艰苦工作；加快第三产业的发展，在提供“多余人”休闲空间、便利的同时，引导人们洁身自爱、陶冶情操，加强本能锻炼，实现人的全面发展。

我深信在不久的将来，人类将寻到通往自由王国之路并达到光辉顶点。某些宗教、迷信、战争等许多为今人膜拜或恐惧的存在，像许多职业一样自动消亡，继之以兴的将是科学、理想、博爱……男女也会回归本能，重新分工。女性以生养传承生命为主，男性以服务女性为责……

为了快乐，我们在铭记历史的同时，也要学会忘记仇恨、痛苦，但必须制定防微杜渐的、重蹈覆辙的理论、制度、法律。为了唤醒人性的光芒，在科学地研究、探索、发展科技的前提下，必须义无反顾地进行自我革命，战胜劣根性从而超越自我，了解自我。

想不到在喧嚣的都市，我还能拥有这一片宁静的空间。

在我身边有座兴建不久的遗爱湖，湖很大，景色也宜人。我经常去散步，也在这里产生了许多灵感，写下一些诗文。我将最真切的感受交予我的文字了，在我认识碧云湖之前，就写道：真正要旅游，随团结伴不行，要么独自一人如此时的我，要么有佳人或知音的陪伴，否则怎能寻到景中的真美？怎能让浮尘得到涤荡，灵魂得以净化，思想得以放飞？真正要寻找真我、领略自然风光的真趣，不必奔波劳碌，远离家乡，去远方跋涉抑或漂泊。其实真正美好的东西就在身边，就像看晚会不必亲临现场，在家观看电视也许看得更要舒适、清晰一样……（《秋读遗爱湖》）世界越来越城市化，我们怎样保持童真，依我看，建设者们已经在城中建有美丽的湖，在欣赏她的时候，营构心中的湖，问题就迎刃而解了。

每天上班途中和茶余饭后的思考，趁午休或夜间记下，总有如意的收获。所思所感，信马由缰，也就没有顾及他人的感受。但我没有针对某个特定的读者，也没局限于某个地域、国家、时代……我一丝不挂将苍白的思想展示出来，任其评说。应该说这些思考真诚、实在如我眼中的碧云湖。我由此如那湖一样清澈见底，又让山峦云彩涵养其中。

然而，今夜早寝。说不上劳顿，拜阳春天气的变脸所致，气温骤降十度，我躺在被窝，睡意入怀。不想，醒来的时候，梦的影子挥之不去，而且让我心疼。

弗洛伊德将梦解释为人的潜意识欲望和儿时欲望伪装的满足。我认同的是，应该日有所思的结果罢。

我白日对生命、未来的覃思，无以释怀，夜静安眠时在梦乡继续。都市里的湖难得平静、纯净，风景秀丽而妖艳，水波不兴却凝滞。千年的沉疴不时泛起，外来的垃圾漂泊其间。都市丽人般的湖，风姿绰约，风情万种，现代而世故，糜丽而功利。我在梦中体验了高科技成果落入极少数反人类者手中之后的毁灭人、自然的一切妄为，被惊吓而醒，在静寂的遐思中，不再入睡。

我因此怀念老祖寺旁边的湖。她恬静而清秀，澄碧而单纯。任风吹雨打，人为喧嚣，因为有千年古寺，有莲花双峰，永如青莲。所以，我们在创造大自然的生态之美，也不能忘却保有她固有的神韵，将人类美好的善倾注其中。

漫 步

春天来了，我喜欢打开门窗，无论是家里还是办公室。室外的空气是多么新鲜啊！我觉得自己像碧云湖里的鱼，能够尽情地吮吸春天的甘露。精神亦如复苏的大地，欣欣向荣。

办公室处于都市一个逐渐被边缘化的角落，每天路过窗外的车声，比我初来这里尚处闹市的时候还要紧促、嘈杂。二十年前，在我还负责一部分工作的日子，为避免打扰，有意关上门，但总有人敲开。十年前，我赋闲似的没负责什么，即使大门敞开，也无人问津。这似乎非常适合我的性情，喜静、孤独。窗台上那盆兰花，依旧生机无限。而我只在它即将干枯的关口浇一些清水，有时也将喝剩的茶叶倒在盆里。春夏秋冬，我给予它的就这么多。它却从未嫌弃我，叶子枯黄、凋零了，又长出新绿点亮春色，舒展我的心情。

人与人同处都市，因为欲望无休止发酵，只知晓向前、向前、再向前，无可奈何地爆炸了。后来者小有警醒，一旦小有所成，又前仆后继，灯蛾扑火般壮烈牺牲。寓言说，龟兔赛跑是愚者战胜智者。我不怎么赞同。生命的目的都不过是为了到达同一个终点，或早或迟。我们大部分人绞尽脑汁寻求捷径弯道超越，结果跟老老实实顺其自然者得到的没有什么不同。纵然显赫一时、鸣于一世，得失相抵，都不同程度地存在满足和缺憾。

许多人好像拾荒者，将人生本不该需要或并不适合自己的东西一路捡拾，以致不堪重负。其实，生活并非大众所企望或一些专家学者所倡导的那样复杂，我们应该因人而异，选择适合自己的路，然后沿着这条不归路，如流水一样融入海洋。

人生海洋，我的理解是平静的心态加无我的修为。在你的人生之旅走出一条光辉之路，就像小溪、清泉沿途而歌，势必会给生养与关联的土地、万物予以快乐。

从众心理原本就是迷茫的祸根。大家总说鞋子合不合脚唯有试穿才知，可是又有多少人那样去做呢？许多时候，有苦难言，也不便言说。所以，再好的理论、人生感悟，再多的人晒的心灵鸡汤，如果自己不去品尝不去细心思量，那也是另一种从众心理的外化，顶多可以聊作寂寞的自慰。改正自己的不良习惯不是强迫自己不做什么，而是每时每刻潜意识地告诉自己我该做什么让自他快乐、轻松。如果像要求他人该如何如何那样要求自己，看起来甚好，但不是真正生活的愉快方式。

常常有人讲，一个人越是追逐某一种事物，证明在他的生命中越是稀缺这种事物。我亦不完全苟同。兴趣是最好的老师与动力。倘若兴趣使然，又坚持不懈，与笃信佛教的僧众对佛之虔诚一样，不能说是执念，那种始终如一才是成功的决定因素。当然，对个人的私欲过分追求，另当别论。

我们痛苦的根源，不外乎是不了解自己，看到别人的成功又喜欢不劳而获。于是，将本由艰苦努力才能得到的变为通过非正当竞争而牺牲正义、公平而得。自然界能量守恒、有序发展的规律遭到破坏，继之混乱、虚伪、浮躁混为一团。

在上班时，我喜欢步行，空闲的时候，我也喜欢在黄州赤壁山中或遗爱湖畔漫步。街道两旁的樟树、玉兰，湖边的垂柳、桂花，山中的苍松、修竹，都不由自主地让我停留。静静地欣赏这些立于闹市却茂盛生长的生命，给我许许多多的沉思。有时遇到飞翔枝叶间的熟悉而叫不出名字的鸟，我屏息静听它欢快的叫声。树叶间稀疏倩影，总是使我忘了时间。宠物狗逃避主人，也屁颠屁颠地来到我面前不远处的树下嗅一嗅，瞧一瞧，然后撒泡尿，摇摇尾巴，再回到主人身边。车流每天都是那样，一波接一波。天气却是晴晴雨雨，不会因为我来漫步与否而改变。我更多时候选择无雨的天气步行，这是我的权利。

漫步不是我的必需，就像写作不是我生活中的主业，兴趣使然而已。这路边的树却是需要面对所有天气的，从它们活出的亮色不难看出，它们已经习惯并且十分满足。也许，它们以自然生长为生存方式，不苛求本不属于自己的额外浮华，而面对恶劣的优越的环境，本能地轻松而生。它没有人类所赞扬的那种无私奉献的崇高，这一点它们很有自知之明，因此我觉得这便是其伟大之处，它只是根据自身生存需要将氧气释放出来供人类享用罢了，然后将二氧化碳吸收进去变为自己的养料。就这么简单！为什么而生，活着有什么意义，这些于人类而言十分纠结的问题，对它们而言是可笑的、多余的、自找的。

我们总认为生活越复杂越有质量，越能显示人类的智慧与强大。话说回来，有灵性的动植物皆如此。动物世界里，王者更是君临天下，霸占一切属于同类应有的。当然成为王之前，是经过一番厮杀争夺、你死我活的。人类在产生文明之后，逐步建立的公平、公正的社会秩序，让更多的人享有人类的劳动成果。而且，在维护生命的传承上，采取保护与遏制手段，让物种不至于过早毁灭。这一点必须肯定，是人类的进步。

人类的迷茫许多时候缘于物质匮乏或物质富有。饥寒交迫无暇顾及本性，安逸富足忘形迷乱心性。如何像路边的常青树，碧云湖中的鱼那样率性生存？在工作繁忙、生活劳累之时，我们挤出一点时间，独自或邀友到都市的湖滨、山林漫步，或许能够自我寻到心中所需要的，从而做一个快乐的人。

都市是喧嚣、繁华、富有、现代的，这是无可回避的事实。安放那颗躁动的心，需要将梦想、计划、行动，在诸如漫无目的散步中，冷静思考。我不止一次问自己，都市如此现代，为何生长于深山、湖泊的植物移植到街道、城中湖、人造山中依旧能保持本性、旺盛生长呢？

我有一次在漫步遗爱湖公园途中，看到孩子们精心、倾心呵护宠物狗，我找到城中树木花草茁壮成长的部分答案——如果我们都能像爱护宠物那样，爱护自己、家园，人与自然、社会的和谐还成问题吗？还需要那么多以国家名义命名和倡导的纪念日、节日吗？

在繁华的都市清净自己，无疑比在碧云湖要困难。在一个静谧、清净的地方，你什么都不做也被净化了，所谓近朱者赤近墨者黑。去年初秋、初冬以及今年三月，我多次去碧云湖的感受之一就是人不静自静。对那些自制力较差、过于浮躁浮浅又喜欢从众跟潮的城市居民来说，有必要适时安排或自己选择去像碧云湖这样的清幽、明澈之地接受大自然的洗礼，用外在的定力纠正内心的不安。当然，我们应首先尝试自我沉静，如读书、写字、写作、听音乐、运动……

是的，有人说，我们在努力清洗垃圾的同时，别人又在大量制造污染，那颗纯洁的心怎能保持清洁？

只要遇到这种友人，我就邀约其一起去乡下游玩或到湖边漫步。春天的遗爱湖说不上一尘不染，可是岸边的垂柳、玉兰，那迟开的春梅等许多来自山中的植物，将会让你的心情感受春讯，春雨般滋润被冬天阴郁腌制的灰冷。压抑身心的虚火就会消退，心情便如广袤的湖面那样微微漾起新的憧憬。诗意随着水鸟的盘旋、春风轻拂、花香漫溢，扑拥你的心池。

不幸的是，我们宁可跻身浮华，追逐虚幻，也不知道关爱自己，让自己的身心休憩。人太看重结果与表面。为了虚荣，往往牺牲内心的感受而取悦自己。这些都是以取悦他者为代价的。幸福多半成为生活富有的代名词。爱情的无果、婚姻的桎梏、人际的掣肘……都因为活着追求的幸福主要基于物质享受。随着物质的丰富，失败的情感、信任的缺失、善良的愚弄这种生活状态在社会中愈演愈烈。许多人在探讨并茫然于人活着的意义所在。

活着没有我们所想象的那么崇高和无奈，简单得跟都市里的树、花、鸟一样。短暂而漫长的人生，只要能把握自我，善待当下，仿佛路边的樟树、梧桐、玉兰，有阳光、雨露、沙土就行，自由地生长，将别人需要的适时奉献出来，将别人不需要且对自己有益的尽量吸为己用，平淡、平和、无私地面对与之发生的一切。

何必要建造、购置那么多不刚需的房产，占有那么多的垄断资本，侵略那些弱小的国家，干预与己无关且给别人添麻烦的事情呢?

漫步总给我如此多的思考与释然。

安 睡

阳光灿烂的日子总是诗意盎然。在节假日或薄暮，我喜欢去身边不远的遗爱湖、东坡赤壁山中散步，以拥抱这位明媚的姑娘。

三月的春风如初恋情人般，将一切不好的感觉隐藏，让我受用无比的快感。街上自然有川流不息的车辆、行色匆匆的行人。看清、看不清的尘埃仿佛那繁忙的行者，在不舍昼夜地给这座华丽的城市变脸、染发。纵有蔚蓝的天空，可呼吸时，让我总怀念儿时的乡村与不久前去见的碧云湖的蓝天。

怀念更多的时候是一种病，医治它的方式不外乎面对当下。过去与未来只是记忆深处那块疤，难以消去，人便怀旧或创造梦想以自欺。倘若没有记忆和梦想，生活要简单、平静许多。持有这种观点的人也许并不多见，可着实减轻了暂时的伤痛、留恋与痴狂。

事实上，他们对得失成败看得太重，别看他们一副若无其事、宠辱不惊的样子。因为痛过，才有如此真知灼见般的人生感悟。不过，我倒十分赞同他们的感悟。我希望当下是清醒的，努力做好自己，过好眼前的每一天，当然，在不牺牲他人利益和不破坏与大自然和谐的前提下，做一个快乐拥有今天的主人。这无可厚非，我至少这样自信。

在我烦恼不堪或兴奋过度时，我如此告诫自己。我那份不怎么安分的心就逃不出我的手掌，自然轻松起来，让我一躺下便能安然入睡。人生有大部分时间在睡眠，但极大部分人在假寐，甚至失眠。心中那道伤疤、那个美丽的梦，在熟睡里也跑出来骚扰你一番。许多情况下，我们身不由己。人生记忆情感太难以控制了，并非我们希望的那样。我同很多智者一样，一直在寻找如何克服这鬼使神差的噩梦与兴奋，能够让睡眠质量提高，安眠若仙。

宇宙在建构系统空间时，就给人类设计好了能够适时休整的时间。我们为了在短暂的人生中获取更多原本无关紧要的东西，不加珍惜地失去了黑夜中的静养，让我们在黑夜中仅能暗自神伤，眼睁睁地看着人类的自我折腾而麻木。太阳升起之后，夜行者又埋头大睡，将无上的荣光挡在窗帘或其他黑暗笼罩的场所。阳光也如黑夜一样，但窃窃地笑得无奈。我们却依然如故，感觉良好。

在小城镇，如我所处的黄州，如今能好好睡觉貌似是件不很容易的事，甭说在大都市了。仿佛古人成天无所事事，今人都要夜以继日地忙。生活一天一个样，但离我们的目标还远远不够。幸福已经被成功的掌声、富有的物质代替了。夜深人静的那刻，所谓幸福的人照样辗转席梦思。

这不是某个城市、某个国家的问题了，世界性的焦虑已经到了需要冷静反思的地步。贫穷落后挨打，霸权主义一刻也不消停。奈何？大家都这样审视世界，安慰自己。

让自己能够平静睡去，是需要善于遗忘和目光短浅些的。目光远大固然是好，然而做好自己，过好每一天，与日月同步，跟季节轮回，更加重要。昨天的流水已逝，明天的太阳还未升起。我们要时刻观照今天，温暖自我。

在碧云湖小住的夜晚，我都睡得安稳。夜间小解的片刻，透过房间的窗口，我看到碧云湖的夜色婴儿般安睡。野鸭、放养鹅、水鸟及白天各色各样的鱼，都睡去了。湖边的寺院、树木、花草也在静睡。倘若遇上严冬或早春，山中的寒冷是一道无形的门，将人与动物关进冬眠，越发显得岑寂了。四面环山，湖在峰底，在这片净土用不上风声鹤唳这个成语。只是遇到下雪或者有雨的夜晚，沙沙声或淅沥声才格外清晰地让你感觉到夜的存在。在快节奏的生活里，都市的夜晚多半为失眠苦恼；而在碧云湖，她婴儿般被莲峰裹护，自然心无杂念，睡得香甜。

僧侣们每天晚上九点就寝，凌晨四点起床。几十年如一日，已成习惯。这一点值得红尘中人借鉴。他们将其作为一种清规戒律遵守，更是值得我们学习的。生活中诸如此类的道理并非没有，亦非不知，只是我们无视了它，只有到了生命将了才幡然醒悟、慨叹不已。我们也能偶尔奉行一时，却不能坚持，三天打鱼两天晒网，前功尽弃。所以，国家需要制定法律、制度，社会需要建立道德、规范，强制加诱导，让喜欢自由的人在不违反大众自由的前提下自由，让追求幸福的人在不妨碍大众幸福的轨道上追求幸福。古往今来的一切哲学、宗教，虽说不是完全科学、完美的，但在打通人类智慧之门，规避人类行为的某些方面还是可行的。我们在人类未来的发展之路上应该继续以扬弃为原则，就像人类其他一切优秀成果那样。

碧云湖的夜晚，总是让我明白许多。这座天然的又是人工的湖，有取之不竭的智慧与用之不尽的财富。我置身都市，心却常常留在湖边，在那里感受春天的信息、初秋的禅意和冬天的寂寥。任凭风吹雨打、冰封雪冻，她微微泛起波浪，笑迎我的不期而至。

然而，我只能在意念中与之幽会。每一次相逢，无论去还是未去，我转身就能看到那个放眼远方的自己，舒展愁眉。

为什么总能看见各种道观、寺庙与繁华的文明城市共存？这大概是我们的祖先将儒道释融为一体，用来安抚我们那颗脆弱、不安分的心罢。我们那颗心永无休止地陪伴你从生命的开始到终了，但其中希望如气球那样无限膨胀，又是何等的易碎！如果不自我掌控，不知会做出多少不可预料的坏事来；如果不时刻加以呵护，能够任其长久跳动吗？是啊，预料中最大的坏事，恐怕就是不能安然入睡了，也就是过早地让心停止跳动。真的，有什么比这更坏的呢？

进入二十一世纪时代，世界能够提供舒适的休息、娱乐环境，但人的生物钟常常被打乱，睡眠问题比过去任何时候似乎更严重。在颠沛流离的年代，人们疲于奔命，想睡也没有那个条件。在一个和平安逸的环境，很大一部分人想入非非，能够好好睡一觉却不睡，长此以往，以致想真的睡上一觉时却失眠。大多数人只能莽莽撞撞，如一个幽灵跌入欲壑难填的深渊。

在每天晚上十点前，我建议关掉你的手机，远离灯红酒绿，早点回家；周末空闲去看看如碧云湖这样的风景，和湖里的水鸟、金龟、红鲤、白鹅，湖边的翠竹、杉松、野胡椒、紫云茶，山中的茶花、瀑布、雾霭等面对面交流，你会于劳顿而欣悦中安睡。

假若你为睡眠烦恼不堪，你应借助自然的戒律——置身清静世界，拘留那颗即将崩溃的心。

处于一个信息发达的时代，海量、便捷已成特点。随之而来的便是人们充分展示自己的生活空间与心理空间。含蓄、保守似乎老土，开放、自诩才是时尚。因此明星炒作成为新旧媒体吸引眼球的头版头条；离婚、单身像羊群效应在某个群体、地区成为新潮；炒股、购房如同赶鸭子似的跟风……目不暇接的微信、短信、微博信息铺天盖地，让你分不清东西南北中。利益驱使下的不切实际的炒作、包装让你心灰意冷又妒忌羡慕，如此的真假宣传，怎能让你本来就不怎么安分的心平静，又怎能让你如期安眠？

更重要的是，我们许多人被少数人忽悠，行尸走肉般盲从，对信息不加分辨，以讹传讹，还洋洋自得于自己见多识广，对僵死的思想或事件无底限地挖掘、鞭打、纠缠，扰乱他人心性，博取名利。尤其是，少数国家、团体，依靠先进的信息科技，侵蚀原本善良、保守的民族、人民，稍一不慎，你我就会被俘虏，就会成为他们猎食的对象，最可悲的是做着被骗而帮人数钱的勾当。

如果一切腐朽的思想、哲学、宗教以及新的奴役人类思想、剥夺睡眠的行为，依旧被不明真相者看清的话，我们就要用新时代的智慧之钟鼓唤醒其假寐式的沉睡。这一点在伟大的充满希望的国土已经显现出无比的力量。

总而言之，正如我所倡导的，我们必须好好睡觉，充分履行自然界赋予我们的睡眠权利，让短暂的生命拥有应该有的幸福感。

清　明

清明，黄州的天空分外晴朗，尽管街上、窗外的车声嘈杂如前。从遥远的地方似乎有阵阵鞭炮声传来，但我不确定是否真是鞭炮声。像与不像之间，我仅能凭想象而已，反正有隆隆的冲天爆竹之声，抑或近似其声。在这个特殊的日子，又在一个不大不小的都市，是难以安静和清净的。纵然前两天我已回老家祭扫我先人的坟墓，能够度过一个清闲假期。

清明于我而言，已经不是一种节日。我也不想去写对已逝亲人的怀念性文字了。怀念只能加重我对死亡的恐惧与对亡者的痛念，不如忘去。就如生日常被记起，其实并非快乐。时光流逝原本无声无痕，为何要将其唤醒，让你我感知岁月的无情呢？生与死，离与别，是很正常的事，如碧云湖的雾聚散有常。

寺里的崇延法师在清明前赠诗予我——千万尘垢清明空，信有慈悲和心中；碧云湖水千般若，喜舍人间化春风。

清明在禅师的眼里却是这般空净。碧云湖蕴藏智慧又是如此无穷，一切在无别的超然物外中轮回。真正的修行者是远离生死的。他们在为达到彼岸而渡心渡人。

是的，碧云湖不仅仅巧夺天工，还被赋予了禅味，因而更具灵性和美感。清明，在这里是基本色调，无须等到人间四月的清明节。清明时节雨纷纷的日子，在这里也一样失去了沉重的追思和特殊记忆。死的看淡，是因为生的实在、充实与无憾。一个真正的出家人是明了生死净空的，不单是表现在精神上的，而且表现在具体的实际行动上。

几千年来，大小寺庙安抚了苦难众生的灵魂，但也给一些不劳而获、愚弄无知者提供了合理外衣。尤其是在物欲横流的时代，许多原本美好的东西都被玷污、破坏，成为不法分子与无视良知者巧取豪夺、沽名钓誉的快通道。我们在迷茫、迷信的当口，就难得有碧云湖这样的清水洗濯，使自我清醒，重归人类固有的善良、真诚与友爱。

小时候，我在农村老家，每逢清明扫墓，父亲有时边扫墓边会对我说，人死后能知道什么呢，我这样做，也是做给你看的。父亲是读了几年私塾的农民。他喜欢在具体的行为中给我灌输一些常识和经验。比如有年春天，我从学校回家，看到燕子在房梁上建窝，十分高兴地对父亲说，奶奶说燕子来了家里准有喜事！父亲也很高兴，可马上叹起气来，道，燕子衔泥空费力。他知道我会考上大学远走高飞的，其喜悦不舍之情融于一句平常的嗔怨里。

清明扫墓对众人来讲，主要是对先人表达怀念并为后人做好榜样，让传承成为一种常态，不至于断裂。不过，清明在今天还有一种意义——温情。时代发展太快，人与人之间疏淡甚至隔绝。通过清明可以小聚、加深感情。

就在上个星期，黄州一位研究宏观生态经济学的朋友跟我聊到清明的话题，更进一步坚定了我对清明祭扫的理解。他说，在人类没有实行安葬之前，如同动物死后一样横尸遍野。有智者不忍人之亡父母任野兽践踏，向皇帝建言安葬亡者，遂有人死后入土为安这一说法。为了将这一习俗传承下去，律定每年清明祭扫先人坟墓。

清明节也便是一种文明节了。九泉之下的祖先对后人的虔诚之举有无感知，人之死后有无灵魂，又有什么重要的呢？一代又一代生者对亡灵的沉祭，不过是对自己生命的传承与根的守护罢了。人种的兴衰、不被异化，一方面离不开对“根”的崇拜，一方面是为让自身繁荣发展。科学在破解迷信、厘清迷茫时，我们不可忘却本源，不可随意丢掉有益人类生存优化的仪式、记忆。当然，这一种记忆不完全等同于我曾经说的怀念。

这次清明，我不能去老祖寺感悟湖的空灵、圣洁，或许会是一种遗憾。不过，我在前两天回到英山县金铺镇夹铺村老家完成了传统礼仪上的祭扫。

那天为了赶黄州梅林鲜老板的时间安排，我请他带我跑一趟，却碰上一个下雨的天气。今天正是清明，没想到天气晴好。也许对一个多愁善感的文人来说，选择雨天去祭奠会更充满诗意的哀思。尤其是下雨的日子，更利于森林防火，减少不必要的麻烦，不至于事与愿违。在那天空寂的深山老林里，只有我一个人奔波于祖先的坟茔间，将满腹的哀思化作零星的雨，不仅濡湿了我对长眠地下的双亲以及祖先的怀念，也祭扫了自己的尘垢沉积已久的心。

我融入偌大的山林里，在痛苦的木然思念和人情淡漠茫然中，循着儿时的记忆，攀爬杂草丛生的山道，找到每座墓碑，献上我的虔诚。山林的幽深与幽静净化了我的浮躁，点点春雨洒下我的怀念，那间或鸣叫的林鸟声则是我压抑已久的诸般情绪的宣泄。

故乡山上的茂密草木开始泛青，一栋栋新建的住房如同坟冢一样寂寥虚空，但是那一个个离家的人将乡愁放进老屋。正如许多荒冢被遗忘，但它们的后人无论采取哪种努力，都会让自己的父辈能够入土为安。这种文明被延续，当之快慰。我在寻思，这就是从哪儿来到哪儿去。他年之后，我还是要回到这里的，这无需忌讳，而是一种欣慰。我们一方面在健康地活着，尽其所能让生命在原有的生命旅程上走得更远，一方面要将生存空间留给我们的下一代，让他们将生命传承下去。

生命的宝贵不言自明。魂灵的存在与否，则如梦，亦如光阴。你只能臆测、感知，但谁能看到它的存在？

既然父母给予我们宝贵的生命，我们有理由不加珍惜、自我夭折吗？生命一旦消亡，还有什么呢？不要相信什么前世今生，要活在当下。然而，我曾经说过，要在不妨碍他人、损坏自然的前提下，好好活着。如此，我们才对得起给予我们生命的人和自己。

不要指望人人都成为圣人、名人，活得轰轰烈烈。出类拔萃者寥若晨星。无数不可见的星星都是夜空的组建者，在为那为数不多的明星作陪衬。正如出家者不可能都能成为高僧，但如果没有众多的沙弥的参与，庙宇也不会香火不断。我们众人只考虑自己的生死、幸福，所以将主见、幸福寄托于极少数的精英身上。精英之所以凤毛麟角，就是因为其能引导众人的思想。我们在认知自我之后，就要善待自我，活出自我，让生理寿命尽可能与实际寿命持平。

人类的潜意识、神经功能加强了自身的情感认知，使人成为区别于动物的人；可是又自我制造许多荒诞不经的鬼怪一类的言谈来自欺欺人。当然，畏惧、崇拜在某个方面可以抑制人永无满足的心。好比许多既定的宗教、哲学的思想主旨。如何在有限的生命里自我回避人性的这些弱点，而不借助虚无缥缈的、荒诞不经的异端邪说和尚未经科技揭秘的所谓真理呢？那就要时常保持修身养性，珍爱生命。

将近用了两个小时，我才扫完所有的坟墓。这时，我才意识到自己裤子和鞋袜都湿透了。中午我们到老家对面湾里梅儿姐家吃饭。

梅儿姐家养了两只大狼狗，一只大的用铁链子拴着，一只小点的放养。见到我们，它们在院子里狂吠不止。我们进院到客厅，两只狗在主人的吆喝下不再叫了。梅儿姐叫丈夫拿出火盆，生火给我和小梅烘烤湿衣服、鞋袜。她家的那只小点的狗则来到我身边，前腿搭在我的大腿上，跟我亲昵，又舔我的手。小梅好奇地赶紧拿出手机留下了这一幕。梅儿姐夫妇也十分好奇，笑着说，还从来没看到这狗对人这么好。我们离开时，这只狗跟在我身后不肯离去。男主人不得不用木棍赶它回去。

我十分感慨，父母走后，一年就回老家这么一次。老家已经基本没有什么亲人了，山上的住户也陆续搬到河边或城镇，虽说致富后的乡亲依然在老家建起了新居。物是人非，时光不再！我三年没去梅儿姐家做客了，竟能得到她们的热情款待，连她家的宠物对我也如此待见。老家的山水人情让我再一次读懂了真情和清明。是啊，每一次祭扫之旅，我都老了一岁，但是我的生命之树又得到一次修剪，它将愈发苍老蓊郁。

回家的晚上，我和妻子聊起家乡的变迁、梅儿姐家的土菜饭、那只极富人性的狗……本想写一点什么，几次开头又放下。最后翻看 2015 年清明写的几句话，觉得可以作为本节收尾——

去的已经去了，但追思在去与在的延续间恒在。

存在应该是非我的，世间似乎因我而存在。

在拥有的时候，并不因为拥有而拥有。我们倒要感谢不幸，让欲望得以重生。

杂草藏匿了坍塌的坟冢，灵魂年复一年地受祭于孝者的虔诚。

智者往往安葬于无人知晓又杂草丛生的偏僻处。因为非虔诚的祭拜者不愿跋山涉水而至，从而获得恒久的清净；也许因为后继者的断代，不会因身处便捷处而易遭外人踩踏。

墓碑风化了，何年哪代先人刻下的字，残痕半缕？

没有岁月的风吹雨打，记忆总是虚无。也许，矛盾是平衡的制约高手。

神灵在心，正如光之于太阴太阳。我无端地敬畏起自己。

无须专注，亦不必徒劳，流水一样活着，无论恩情、孝道、价值、成就……都像流水一样有声有痕。

何须远离繁华，何必践踏今生，红尘之中自有你我栖息之所。修炼不一定要静，无我有他，碌碌于凡尘俗世，布施我在之功德，去了便成仙。

神仙，应该是超度众生之美的化身。今人来者顶礼膜拜的是仙之灵魂。

做一个自在的万物之灵吧——尊重他者、自然，珍惜自我、今生。

阅 读

人生大部分时间应该在阅读。阅读大自然中与人类平起平坐的万物，对象不仅仅局限于书本，于当下而言还有新媒体里的海量信息。我们每一次经意或不经意的遇见、对话、感悟，都是阅读的一种。尤其是在语言文字尚未产生的远古时代，在知识被少数贵族掌控的时代，自然的阅读是每个生活其中的人必不可少的。

普通人都知道阅读的重要性与必要性，可是我们在繁忙的事务中，往往遗忘了阅读，即使已经在做着类似阅读的事情，即使正在经历着阅读本身。因为我们一味努力随波逐流，追名逐利，将原本属于阅读的时空搁置一边，甘于浅薄，坠入平庸，而且千篇一律，集体贫乏。

说不上自夸，但我几十年来一直坚持书本、网络阅读，坚持对社会、人生的阅读。原本平庸的思想、平淡的生活、失意的人生，在永恒的阅读中潜移默化地改变。我不再羡慕闲云野鹤，不再妒忌青山绿水。我来过，并与自然一样随意而生而老，还有什么人生不幸与缺憾的呢？当然，有时置身疑难其中，很难像旁观者那样，面对无法预知或祈求的事未能如愿时心如止水。这时，我选择的排解方式是户外阅读，亲近大自然。就在上个礼拜天，一个晴和的天气，我骑自行车去黄州郊外的南湖紫云英花海踏青。去年冬天，本土一位摄影家陪我去了一趟，那次是去看看新建的黄州巴河文化长廊。文化长廊就在紫云英花海旁边。车程很近。而这次骑车去，觉得路途相当的远。由于二十余年没有骑行如此远的路，中途有些后悔当初的决定。可是到了目的地，面对花海和众多的游人，我无比满足于自己的壮举。在一个春光明媚的日子，我没有辜负大好的时光。回家的路上身感劳累，但快意让我兴奋，一首七律脱口而出——

清明正是紫云红
沙渚田间蝶乱丛
曾作沤肥增岁稔
今为赏卉沃春融
如霞挥洒西山幕
似火燎燃碧海宫
车骑探花三十里
娇阳一路又东风

大自然就像母亲一样给我安抚。我可以在母亲的怀抱诉说自己的委屈、不幸。林中的飞鸟在我头顶盘旋，为我做出各种欣悦的动作。苍松翠竹在微风的轻拂下浅吟低唱，和着山泉的优美节拍。在认识碧云湖之后，我常常不辞三百余里去接受她的洗礼。

每次的走近，就是对她的一次深深阅读。我们如同热恋中的情人，彼此深情地读着对方，却无法读懂、永无厌倦似的，沉醉。湖上的蓝天仿佛情人那清纯而羞怯的容颜，碧水犹如伊人的含情脉脉的明眸，微微荡漾的波光则是心中女神的情感悸动。我读着她，心中的俗虑、烦忧恰如一笑泯恩仇般消散。

有人说，听音乐是当下医治抑郁、孤独的良好方式。网上经常看到有人将各种各样的疗伤的音乐，与人的五脏六腑一一对应，冠以中医理论。我尝试过，也是一种不错的平抑浮躁、回归平静的方法。

我想，音乐对一个五官健全者，还远远不够。对盲人，效果则是最好的。盲人的阅读主要且唯一正确的途径是靠听觉完成的。触觉还是有失片面的，正如盲人摸象。相比正常人，聋哑残疾人的烦恼也许要少许多。世界的不完美一面对他们而言，会因为天然的残缺而被遮蔽，无知也就无烦恼。大自然在给予他们不公平的同时，也给予他们不为外界困扰的恬淡。许多时候，我在同情上天对智力障碍者、身残者的不公，又庆幸他们因为生理、心理缺陷而无知世俗的骚扰、人为的不幸。常常听到许多人说，“你睁一只眼闭一只眼吧”“你权当没听见吧”……当一个人能够不为世俗左右，在繁华的都市、冷漠的世间，任其自然生存，那他就进入了阅读的最佳境界，继而读懂了社会、人生、宇宙。

文字阅读需要精力，图画、影像则相对随意。前者需要思考得更多。今天的阅读者，过于功利，无论是书斋阅读还是户外旅游，都抱着一种急功近利的目的，为着那个包袱一样的目的而死记硬背、寻章摘句、剽窃复制、放纵矫情。一旦停下来，依旧苍白、无获、疲劳，依旧外表光鲜而内心失落，依旧不知我是谁、我为何而活、活着为什么……当然，为减轻生活的乏味，也可以在茶余饭后看肥皂剧、玩玩游戏。但这跟严肃的阅读大相径庭，我们必须加以区别与选择。不过，在芸芸众生中，阅读多半是用来消遣的，因为人为的困难已经让他们不堪重负，作为智者不应该过于苛求。

我读的书已经记不清了，自从能够阅读开始就一直没有停止过。回想起来，有很多正常的文化教育与谋生所需的培训那样的阅读，但更让我快乐的是为了创作而阅读的中外古今名著，如《诗经》《金蔷薇》《闲情偶寄》《红楼梦》《聊斋志异》《人间喜剧》《浮士德》《堂吉诃德》《母亲》《资治通鉴》《呐喊》《野草》《寒夜》《瓦尔登湖》《生活禅钥》《太上感应篇汇编》《易经》，等等。书本知识对一个想有所成就的人来说，是远远不够的。丰富的人生经历与屡屡失败的挫折也许更重要。自我感觉良好而不被认可的人生，给了我无穷的思考和改变。当然我改变的是保持了底线的社会适应性，自信、自强、自尊、热爱、善良、宽容、坚持、遗忘等优秀品质不会轻易放弃。每一次的成功，一点点的起色，我都无比感谢生活的无情与人情日益冷漠，感恩命运所赐，感恩一切！

当你笑话生活的无常抑或龌龊时，你同时被生活笑。我们总是喜欢高估自己，又质疑他者的能力、学识、品行。这一点毋庸赘述。因为阅读的不同，人生经历不同，我们总是如此宽己苛人。当然，对于无礼、傲慢、自私、奸诈、巧佞之人，克己复礼也是幼稚无知的。

人类一旦失去天性，将会沦为非人。野性的丧失，自私的丢失，会加速人类进步的步伐吗？随着身上皮毛消蜕，开始进行衣着装饰，劳动逐渐缺失，野蛮被文明霸占，人性让规训磨灭，人之存在又会是怎样一种情形？

我常想，自私是大自然赋予一切生命的本能，如果不自爱自恋自私，怎能爱他爱万物爱宇宙？这与性是动植物原有本能一样。因为这固有的本能，大自然才丰富多彩，万物在阳光的沐浴下才永葆动力，社会才源源不断发展。我们不能幻想人类社会成为绝对公平、没有矛盾的世外桃源。随着人类社会经济、科技、文化、制度的发展与完善，我们会将痛苦与不幸减低到最小限度，让人获得不同时代应有的幸福感。我们可以建立人类命运共同体，减少或杜绝人祸。我们可以不断探索宇宙奥秘，寻找更加幸福的物质快感。

人类的祖先是裸露自己和露居自然的。物质的匮乏、生产力的低下，让他们无法全天候能够淫邪。受物质条件制约，他们每天首要的任务就是填饱肚子，维持生命。性于他们而言，仅是生存之后的生理需求。文明对他们来说也是无稽之谈，但裸露更能激发人性欲望，同时更能锻炼人类的自制力。恰恰相反，虚伪的华表下，常常压抑更多的罪恶感，让本能因被阻碍而胡思乱想，将淫欲放大。倘若人类不纯洁自身，贪欲横流，高度发达的未来文明将毁灭人类本身。不同的社会分工和不同的思想基础，都是自然界对人类的杰作。不要想象人与人的信仰、爱好、行为等完全一致，也不要因为主观而对异己异类评头论足甚至想让其被吞并、消灭。我们每个来到世间的人都肩负不同的使命。我们必须自然地生存、矛盾地活着——自私而博爱，善良而无私。

我们能够提高自己，改变自己，保持固有本性的最好方法就是阅读，阅读的书本就是自然。经典著作应该说是自然美的精华浓缩。在阅读的过程中，我们加强对人性的锻炼，不被试管婴儿、克隆人、机器人等将来被人类新发明的非人类所异化，尤其是不被远离人性、扼杀人性的道德、文明所异化。我们要清醒自身的本性，而且让其在优良本质下自由发展，与自然和谐，推动社会前行。

我们在谋生之余，挤出一点时间来，像你挤出时间喝茶聊天那样，看书上网，看那些读不下去却不得不读的书和网上被海浪般淘洗却愈发生机的帖子，或者独自到风景秀丽的城市公园、荒无人烟之地，去赏读大自然的幽静、平和……我们会受益匪浅。

我原本计划在英山老家深山老林建一间小屋颐养天年，因为又遇上了碧云湖，又幻想去碧云湖边建一座吊楼隐居。但这一切都是心血来潮，至少目前仅能想想而已。

我只能于工作闲余阅读经典。阅读时遇到不认识的字，不理解的词句，不懂的内容，我会停下来求助字词典或网络，或向智者请教，决不做为读而读的读客。人生有限，书海无涯。我们没有那么多时间、精力面面俱到。我们每读一本经典哪怕一首优美的诗、听一首古典音乐，读思结合，尽量理解透彻，可以说比泛泛而读、一知半解要现实得多。我们已经拥有科技进步提供给我们的阅读便利。除了学生时代掌握必要的文化课之外，没有必要博闻强记。阅读既是与自然融合，也是为了改变生活。大量知识积累，不仅仅依靠满腹经纶，正如一个文学教授不能写出一个小学毕业的作家写的文学名著。然而，我并不反对广泛阅读。我们要像碧云湖包容莲花双峰上流下的山水那样，无论是污浊的泥石流还是清澈溪泉，在广泛阅读的同时予以沉淀。唯有不择细流、不问来处，又静静地沉淀，我们的阅读所得方能如湖水一样明澈，才能与天地融为一体。

我经常遇到一些读者，似乎知道的东西很多，上知天文下知地理，可是叫他说出个子丑寅卯来却不知所云，更不必说在实际应用中的创新与颠覆性建树了。再就是，有空多旅游，将久处的烦躁淡化于行走之间。在对大自然的欣赏阅读过程中，汲取营养，又沉淀消化，化为已有。但在没有清净的条件时，我们必须自我选择那些适合自己的阅读方式，从阅读中寻求安慰，让自己回归自然。

我自去过黄梅老祖寺就爱上碧云湖，她成为我人生的栖息地。我一有空就去感受她的博大深沉和裸露的野性。尽管现代文明已经延伸到了古寺，惊扰到湖心，但她给我无穷的想象力和置身大自然的愉悦。每一次遇见，我都能读到新的一页，深拥她磅礴的超然。她散发的清新淳朴带有一份云山雾水的灵气，让我总是宾至如归，依依不舍。

采 茶

节令似乎人为地提前了。正如距离在相对缩短，我们从一个地方到另一个目的地。如果通过手机、电子邮件等联络方式，两颗心的交流更近更快。我每次从黄州出发到黄梅碧云湖，也就两个半小时左右。每天或每周从碧云湖畔传来的信息，则是随时能够接收的。所以从这个层面来考虑，今天的人们见闻、生活的容量不知比祖先们要多几多，人的相对寿命也不知要长多少。古人羡慕神仙、帝王的日子，在今人看来几乎是小菜一碟。世界上一些稀奇古怪的新闻，包括地震、动乱、海啸、战争……基本上随着事件的发生就能立刻让距发生地千里、万里之外的异域人知晓。更不用说，那些宇宙的奥秘、天体的运行规律。我们因为消息渠道的畅通、便捷，还用得着对一些稀奇古怪的新闻大惊小怪吗？我们应多关注一下自己的心灵世界：一方面使之从孕育到死亡无怨无悔、永不停顿，让陪伴我们的那颗心得到稍许的自我休整；一方面通过不同的方式让被世间的雾霾、尘垢侵蚀的心灵得到净化。如同碧云湖边茶园的茶树一样，永葆青葱。

在我小时候，很少耳闻明前茶，倒是知道谷雨茶非常适合时令被家乡人看好。随着市场经济的发展，科技水平的提高，种茶、采茶、制茶技术的提升，天然的绿茶总是早产。传统节令采摘制作的谷雨茶被明前茶抢了风头，节正味淳的谷雨茶倒门前冷落鞍马稀了。喝茶者多半也不是为了品质，而是为了尝新，而且带有物质富有的竞攀。地道的养生、礼仪茶文化慢慢变味。包装、宣传、揠苗助长等无视自然茶性的行为浮躁了我们的生活。许多茶楼、茶社脱掉风雅、清静，而弥漫着交易、铜臭。仿佛一位纯朴的茶乡少女经过化妆师的精心打扮之后卖给青楼，当她再走进茶室的那刻，清香被污浊之气笼罩，质朴让珠光宝气侵蚀。

每次路过一望无际的荒废的良田，我总是想不通，我们为何要花费巨资在设施农业车间种植速成农产品，而将现成的田地闲置？自然生长下的粮食、蔬菜难道营养不如通过机器栽培出来的吗？我们人类就是如此荒唐可笑——在呼吁亲近自然、绿色健康食品的同时，又不断远离自然、制造不是自然生长的食物。这多像地球人一边警告吸烟有害健康，一边大量生产香烟一样。保健的最佳方式就是远离，禁止的最好途径就是不生产。又如许多国家禁止赌博，但又通过发放名目繁多的彩票来吸收社会闲散资金。一些霸权主义者禁止弱小国家核武器的生产，自己又将人类最新科技成果首先用作军备竞赛。人类自身的矛盾构成社会的不稳定，从而得到大自然的铁面警告、无情教训。有科学家说，地球不止毁灭过一次。在无限的时空中，这种观点不可能完全没有其理论的假说。也许将来是，我支持这样的判断。

对人类未来命运的判断以及对地球、太阳的生存状态预测，在今天似乎是杞人忧天。我们权且如此理解。然而，作为一个写作者，我们对所书写的对象、所要表达的主题以及生命力问题，是可以把握的。譬如，历史题材的文学作品，到目前为止能够将历史与阅读把握好的应该还是《三国演义》《战争与和平》等震古烁今的巨著。对历史真实的尊重与读者阅读心理的呵护，是不朽名著的生命力所在。而我在此所说的，就是缘于谷雨前几天去老祖寺茶园体验采茶时油然而生的创作感想。

碧云湖里的水位下降了，看起来清癯了不少。午后的四月阳光融融姣好，湖面波光粼粼，湖畔的树木、茶园里的茶叶青翠欲滴，仿佛农家少女初长成那般焕发出春天的气息。按照寺里出家人指点，我横穿柳丝依依、嫩绿镶嵌的拦水坝，去湖边的海螺山和宝塔峰见在那里植树的崇延法师。

法师知道我的来意，主动说，你想写禅茶，就得亲身去体验、品尝一下，我们碧云湖边的茶可好啊！我站在原地没有想及时离开的意思。我想他谈谈茶与禅、茶与人生的问题。这个问题自古以来就被人们当作一种文化一种观念一种信仰在探讨，并被无数高僧、哲人、文人、学者、野夫所回答。茶与禅在当下被商业化推介，百家争鸣莫衷一是。我读到和听到的太多，但聆听一位得道高僧的解悟还是不多的，除了在黄州安国寺听过崇谛法师的悟解。

法师也停止了劳作，站在我身边，告诉我，紫云山莲花峰老祖寺的茶，也就是碧云湖边的老祖茶，原来叫老祖禅茶，现在叫紫云宝掌茶。要说此茶也没什么特别的，只是天然、自然、纯真而已。它生长在海拔近千米处的乌沙土壤中，处半阴半阳光照下，温度较低，所以无虫害。我们在栽种时，又去掉所有人工的造作，在有形的层面，只为它施了可入口的菜籽饼当肥料，拒绝一切与自然相悖的东西。已自然生长久远的茶园，长在围绕老祖寺莲花峰的丘陵坡上，常年与三宝的经声、山泉溪水声、和雅的鸟叫声为伴，时而云雾缭绕浮现在仙境，时而晴空万里阳光和煦。万物皆有灵，茶是最能吸纳天地之灵气的物种，自然赋予它不同凡响的能量。茶蕴禅机，皆是自性的流露，自然回归，无装无假，自性本真。一片茶是生命的萌芽，是万物之灵芽，禅茶又把人和万物合为一体，体会茶与心，心与心的相通，至真至诚的心意才是禅茶之意，一杯好茶能随禅入静，一杯禅茶足以摄人心魄。你等会儿去看看这里的春茶，它芽很嫩小，捧在手里贴鼻轻闻，清新之气，沁人心脾，顿可入全身血脉。你来到这儿，很快就会感到人文和自然的和谐，就会和茶一样感到无比幸福！

法师给讲解，也当作稍事休息。晚上听同行的朋友讲，师父们自三月到现在一直在植树。每年这个时候有源源不断的树苗从四面八方捐赠过来。

我准备离去，抓紧时间采茶。法师又说，紫云宝掌茶因开山祖师——佛门第一寿星而得名。1800多年前，祖师选择此地开山建寺，安僧办道，弘法利生，可谓是“游遍中国八百州，唯有紫云好安生”啊！你是文人，应该听说过，清朝学者有《暮投紫云山寺》一诗。诗中写道：万山幽险外，千载老禅源。月出诸天寂，钟鸣众壑昏。岭云时入座，野水自当门。瓣瓣莲花涌，灵根拟可扪。后来，禅门泰斗——净慧长老再震铭蓝，古刹重辉，并在般若禅定中又把这紫云山莲花峰老祖寺定为生活禅专修道场，于是有禅有茶，禅茶一味。长老还给茶赋予了一个特别的殊胜的命名："正清和雅"，把"正清和雅"之气融化到甘泉中，正气、和气就会在把盏相敬中出现，在动静脱俗中清雅。等我们忙完各自使命，再坐下来一起品茶去。

靠近老祖寺两侧，碧云湖旁边，莲苞峰对面有数百亩茶园。它约占碧云湖茶叶面积的80%左右，目前由老祖寺所有。

我选择去茶厂前面那片茶园，从下午2:37开始采茶。这片茶园大约有十几亩，因为紧靠茶厂又在湖边，被多次采摘过的痕迹很明显。这里除我之外，还有一位宜昌来寺庙做工的妇女在采茶。她双手采摘，动作娴熟。她告诉我只要是嫩叶无论是一芽、一芽一叶，还是两叶一芽的都可以采摘。茶厂只做普通的红茶、绿茶，不做春笋、毛尖之类高档茶。因为产量少、茶质好，每天新茶供不应求，有的价钱甚至达1000元一斤。至于多少鲜叶能够做一斤新茶，她的答复跟我在英山问家乡父老时所说数字相同——每4斤左右鲜叶做1斤新茶。她每天可以采茶5斤左右，每斤能够得到报酬30元，每天收入150元左右。

我穿梭在绿色的茶海，采摘娇嫩的新芽翠叶，不时沐浴和吮吸醉人的春风送过来的、和着嫩芽老叶茶香的湖上薄雾，心里的欲望和不安酥软起来，宛如正在被我拇指与食指指尖掐断不久，盛放在茶篮内的新芽。滴血的沉痛因由自身的豁达，使之不再留恋，不再执迷，任凭和煦的阳光给予露晒。隐藏茶树间三宝的经声，萦绕青葱岁月里勃勃生长的"绿色银行"。这些苍老的茶树经霜冻战酷暑，永不改色。这一批批被人类采摘之后又重新焕发新绿的茶叶，是如此细小、平淡无奇，又是何等长青、专一、无私！它们如大地一样，对人类只图奉献，不求索取，将天地之精华、岁月之沧桑一股脑儿融入芽叶中，给人类身心的愉悦和智慧启迪。没有牡丹的华贵也没有幽兰的芬芳，它如碧云湖一样沉静、永恒。

我在与那位采茶女相距较远的地方采摘。尽管我知道也许我选择的地方被她或者其他人采过，但每棵茶树上总有我采摘的对象。为了交流的方便，我渐渐挨近她，后来几乎跟在她身后。没想到，依然能够从虬枝老叶间寻到新芽嫩叶，而且在我回头到路边刚采过的一些茶树上再摘时，也是如此——啊，这满园的新茶亦如碧云湖的水一样取之不尽用之不竭！

这个周末，我再一次从黄州来到老祖寺，为了继续完成《碧云湖》创作，想体验一下采茶和制茶。正如写碧云湖不得不写老祖寺，写老祖寺不得不写禅茶。老祖茶是碧云湖另一张自然的名片。无论人们将禅茶叫什么名，因为有了碧云湖雨水的滋润，形式上的名字便无关紧要了。这一点与人之本身绝不相同。在世俗我们过于追求名了，而在太多情况下忽略了本质的存在。许多人因为名而失去了自我，将更多的生命、时间用于包装、打造，继而空耗了天地赋予自我的精力与体力，过早凋零。

许多来老祖寺拜谒或游玩的过客，路过我采茶的地方，纷纷驻足与我攀谈。也许他们奇怪一个接近老年的书生模样的男子，能够专心致志得像一个采茶女一样劳作，也许我的行为激起他或她沉睡已久的好奇心。最可爱的是一对小夫妻带着儿子干脆来到茶园帮我采摘，孩子的母亲还用相机给我们留下了难忘的镜头。孩子的加入，就如新芽的萌发，给予我无穷的希望与快乐。生活需要新生，正如茶树需要新芽。望着天真可爱的孩子以及这幸福的一家子，我突然这样想。

将近下午四点钟，茶厂及寺庙山中起了大雾，并且漫向湖的四周，给刚才清澈的湖面蒙上一层轻纱。午后的和风凉起来，还带着湿冷的感觉。碧云湖的山水就是这样变幻神奇，虚无缥缈，让你置身仙境。认识她，也许很容易，但想深切了解，则如对自我那样，谈何容易！

倘若这次我没有再到碧云湖，第二天上午没有再次参与植树，我会给读者一个败笔的把柄。而这些是不应该发生的，就像许多人常常犯下低级错误那样可笑。我在上篇《阅读》里写过碧云湖的水因为能够包容、沉淀从山上流下的泥石流才清澈，原本是想告诉人们我们每天、每年甚至一生读了那么多的书，尤其是在当下海量信息的时代，更应学会包容和沉淀。可是通过这次植树和与当地人交谈，碧云湖里的水一年四季清澈，且湖底从未有过我臆想中的浑浊。湖四周山上的高大灌木丛下的腐枝败叶足有10厘米厚，再往下是亿万年沉积松软的腐土。腐土中，树根交织，形成一张张网状经络。这种得天独厚的植被，在雨季被作为海绵将雨水吸纳，干旱将水溢出化作溪泉滋润山峦。泥石流的发生可谓千载难逢，何况多变的天气、浓厚的云雾绵绵不断给碧云湖以补给呢？

我羞愧自己的臆断。而这种情形也发生在人生之旅的其他方面。由于自我宽容，一犯再犯。我们因此产生误解、误导，贻害无穷！生活中，我们许多人都爱犯这样的错误，经验、权威、表现等因素魑魅魍魉似的时常蛊惑自己、他人。严格而言，这也是一种犯罪，不是过错。

下午4：32收工，我共采摘鲜叶210克。虽说只能做一两多新茶，但在这个自然生长的茶园里劳作一回，快乐胜于收获。傍晚我在明启女居士的陪同下到茶厂了解绿茶、红茶制作。晚上只做绿茶，半人工半机械，工序比较简单，这些对于生于绿茶之乡的我来讲，没有什么新奇。而对于红茶制作，从制茶禅师的讲解来看，需要将采摘回的鲜叶进行晒青、晾青、握青、揉捻、发酵、烘干等工序。我听得有些云里雾里的，一旁的耀定居士干脆将她平时的制作记录给我看，原来大致如下：一是采茶。当你走进茶园，首先得观察叶芽，一般选用两叶一芽，以食指和大拇指采摘，不可用指甲掐；否则对叶芽损伤大不利于后期生发。红茶的叶可稍微大一些。二是晒青。将采摘回来的鲜叶，均摊在簸箕上，不厚不薄，放置太阳下晾晒，时间根据当日日光强度而定。阴雨天与晴天亦不同。以晴天为例，将鲜叶晒到蔫后，逐个将簸箕里茶叶均匀翻一次，继续晒，直至茶叶摸起来有微微的扎手，但捏起来不碎，手感度、适合度很关键。三是摊青。将晒好的茶叶收置阴凉处，放置约半小时降茶火确保温和。这一步也叫晾青。然后将簸箕里茶叶倒在不漏风的大簸箕中，重叠码放一起，摊一个多小时，并不时翻动，你会闻到浓浓的、妙不可言的茶香。四是揉捻。将摊好的茶叶放进揉捻机。初揉要轻，待揉成型变小后慢慢加压，最后松压以保证不成团。此过程有一个多小时，此间茶叶在慢慢自然发酵变微红。揉捻目的是破坏细胞壁释放细胞液。五是发酵。将揉好的茶叶倒出，窝堆放在小竹筐里，上面盖以湿棉布，以适当温度发酵。根据不同的温度湿度、茶叶揉捻情况，发酵六到八小时，有的摊开冷发酵十几个小时。在茶叶发酵时要注意翻动，不可太勤，以确保上下内外温度均匀；六是烘干。发酵好的茶叶呈红色，闻起来有淡淡的红薯香味，但具体根据手感以及香味色泽而定。将其均匀摊放烘干机的烤盘内，起初机器门不全关，待去除水分后，茶叶呈半干状态再翻动一次，再烘干。到水分殆尽，关上烘干门，烘一个小时即可。七是提香。茶叶取出倒入簸箕，次日再放入烘干机以较低的温度烘半个小时。八是装袋。茶叶彻底做好后，倒簸箕里摊凉，装袋。此时，茶叶干燥，需轻拿轻倒，最后将茶叶末分开装置。

如此复杂的工序，我真的一时三刻学不会。不过，我之前也没能遇上这种机会，即使能够有缘一见，但没有一周半月亲力亲为，恐怕也是一知半解的了。幸好，禅师也没完全让我失望，他亲手给我沏了杯前天才制好的红茶。在这个清幽、圣洁之地，能现场品一杯纯正的宝掌新茶，吾愿足矣！

相　遇

人生半路惜相逢
雨吻风亲伴彩虹
饮恨餐愁徒一笑
缘来缘去水流东

这首七绝，是我读完崇延法师写的诗作《人生相遇》回赠的。应该说，在我的《碧云湖》中要单独写写这位禅师的。但是，我的创作初衷不针对具体的某一个人、某个地域或国家。

人生的相遇是偶然又必然的。大千世界，我们每个生命体总是要和与之关联的人和物联系。无论是匆匆过客，还是彼此相守偕老，抑或半途别离、半途相遇，都是因为一种缘。不是前世今生的遇见与亏欠，而是自然的不得已的选择。尤其在地球日渐缩小的今天，人与人的关系更是不期而遇，或者神交未晤。我更多相信今生的萍水相逢是缘于一场随意，在彼此的心目中燃烧起的一种相遇的渴望。正如碧云湖于我，一见钟情。其实，在我的出生地，有更多适合我讴歌、描写的自然美之处，在我的身边亦有遗爱湖的风情万种。就因为我对碧云湖的偏爱，抑或有其他种种缘由，我才将人生的相遇浓墨重彩于一个陌生而熟悉的地方。这多么像我们的爱情、自然界的花朵，纵然五彩缤纷，最终你我选择的就是那一个让他人，甚至是自己都大为吃惊的另一半、那一朵！

那天傍晚，明启居士在陪我从茶厂回寺院路上告诉我，五年前她偶然得知老祖寺并且随团来游玩过一次，发觉这里的山水甚好，决定留下来住一段时间。寺院小住不但让自己跑了多家大医院都没法根治的病好转，自己的人生也有了根本改变。所以，她每年都来这儿住住，作为人生的第二故乡。她的病彻底好了，她感觉人生的美好就如今夜的春风沉醉，亦如湖面的沉静、寺庙的空灵。

这位北方的女子，言谈举止中依然透露出北方人的直爽、粗犷。

无月的湖边、林下，偶尔能够听到大自然发出休憩前的哈欠。天籁给这座湖和寺庙增添了更多幽静。我在思索这次与湖的相逢将会产生怎样的灵感，以便将所得分享更多热爱自然的人们。

黑夜里的湖看不真切，远远站在去往寺院的路上，几次想提出让明启居士陪我去湖边走走，但欲言又止。不过，在我寻思的同时，她没有停下讲解。我觉得能够通过一个久居此地的人了解此地，很可能比我来去匆匆要收获更多。人生不可能事必躬亲，我们能够获得的知识、经验、技术从身外而来或许更多、应该更好。当然，那些独创性极大程度上离不开直接经验。许多时候，天赐的相遇，加上人为的珍惜，便有了独一无二的知见。譬如青霉素的发明、醋的酿制……

这位居士说，她喜欢从莲峰山上采摘各种各样的鲜花，如野菊花、山胡椒、杜鹃、梅花、兰草、月季、玉兰等，然后供养在宝殿。没想到很多花的花期在一个月到一个半月之长，几乎是其他地方插花花期的两到三倍。她觉得，这里的空气、水分、阳光太优质了。既然花儿都能长寿，人生存于此哪有身体不好之理？难怪开山祖师宝掌和尚在这儿活了一千多岁！她感恩人生的相遇、相知，在这儿让她顽疾离身，让她找到了人生的依靠。人生漫漫之旅，需要驻足停留，而守护她的是如老祖寺一样充满禅意的驿站。

她要赶去做功课，夜晚九点必须熄灯就寝。黑夜在寺院来得似乎要早，我们只好依依道别。如果不是为了创作，我是不能随便踏入这片圣洁之地的。在我的心中还有更为伟大之所在。

回到寮房，我整理一天的见闻。时间在静寂的虚空中过得很快，我们躁动的心在这种境况下往往得到安宁，时空也就悄无声息流逝。暮鼓之声激越、悠扬、回荡，更加纯净了自然界中的万物。寺院很快熄灯就寝。整个碧云湖也进入睡眠。我的四周像窒息了，没有丝毫的动静，也没有听见风声、天籁，窗户紧闭。我没有马上入眠，这个时候在家里还正是看手机或读书的时间。

如果没有和居士的相遇，我即使多来几次碧云湖，也难以了解这里的宜居宜养。对一个仍身不由己的过客而言，生活的体验总是如此可望而不可求。我必须借助栖居碧云湖边的长久之人的经历，同时适当体验一二，才能继续写下去。今天的作家想要沉淀下去比以往任何时代都要艰难。然而，我总是毫不犹豫地远离都市，逃避名利场，而亲近乡村，拥抱自然。尽管如今的碧云湖如同众多的乡村那样，不再封闭不再贫穷不再落后，也有了现代意识、文明和商品蔓延或强势介入。如同我的一位系统交换轮的作者对中国鸦片战争的解读那样——鸦片战争打破了大清帝国的故步自封而植入了西方文明。无论他的观点正确与否，但有一点值得肯定，任何事情都是一分为二的，不可全盘否定。为了他的观点，我曾跟他就政治立场问题吵得面红耳赤，竟然不相往来接近一年。古老的文明和落后，换句话说，古老的美德和愚昧，被世界性的新生活侵入、融合了。我们在享受现代文明红利的时候，如何预防乃至消除一切扼杀古老优良传统的、如同艾滋病毒之类的毒素，让我们的生存环境永如碧云湖一样让鲜花长开不谢，芬芳永在？

带着这个很普通的问题，我很快入睡了，在这样与世无争的安静之夜，的确要睡得快且深沉。

第二天清晨，我在湖边漫步，偶遇当地两个湖边做事的农民，便主动与之了解碧云湖水位下降的缘由。

他们告诉我，湖的前身是个水库。水库是人修的，有时漏水，需要整修。现在正是整修的好时机，所以人为开闸放水了。你下次来，肯定湖水拍岸。

我相信当地人的话。是的，大自然固然美好，如果不去开发、保护，就如给你一个好的平台你不努力只会坐吃山空，上天的恩赐又怎能享用呢？过去，人类从森林走向平原，为了寻求发展空间，获取肉体上的轻松与精神上的解放。一切满足人类生存、生活的条件具备后，人便向更高的需求奋进。文明的进步推动社会发展，又加快了人类原有秉性的丧失与对大自然的破坏。我们在建设的同时也在毁灭。整个星球处于高度的亢奋与焦虑之中。眼前的胜利冲昏了头脑，物质充裕的同时精神贫困，以致陷入世界性精神黑夜贫困状态。一些先知先觉者高屋建瓴，审时度势，摇旗呐喊或力挽狂澜。世界似乎都在建构、重组，但惯性思维和人性的懒惰让多数人踟蹰不前，抱残守拙。

我想，在未来人将是四海为家。未来天下一体，将是一个都市、乡村文明共建共享的时代，而一切文明以回归自然的最佳方式融入不断创造、发展的新文明。一如在远古时代也没有老祖寺，碧云湖在二十一世纪初便由老祖水库变为碧云湖了。我们在回归自然的过程，实际上是在不断重构与抉择的过程。按照马克思主义哲学就是辩证之否定，即扬弃。我深爱自然的清风明月、溪泉鸟语、碧水蓝天……但更爱心怀这些美好愿望与自我践行者。我眼中的碧云湖总是清一色清澈，就因为千年植被将山林呵护，一代又一代智者、觉者对她的养护。

从当地人的交流中，我也听到了他们对现代文明延伸碧云湖后的忧虑。前些年山中石材的过度开发、每年旅游观光者的痕迹，让昔日鲜为天下知的碧云湖四周环境遭到毁坏……

这是个普遍而需要警醒的开发与保护、诱导与监督的问题。人类不可能回到原始森林，也不能常驻其中。我们保留那寥寥无几的与世隔绝的远古文明如森林、孤岛等净土，是为了让我们记住自己从何处来，让我们重温祖宗的大道高德，让我们适时放松身心，清洗被世俗污浊的灵魂，从而对得起每一次每一个的相遇相知。

幽 兰

人在江湖、置身红尘，时间久了确感很累，便希望寻找一处偏僻安静所在好好安顿自己。然而，我们只能羡慕槛内人闲云野鹤般生活，至少多数人如此。在羡慕与践行的一致性上，存在瞬间与永恒的差异。许多情况下，宛如夏日的凉风一闪而过，或如昙花一现。我们多数人貌似身不由己，譬如从政的捞个一官半职，又希望能再晋升，发财的腰缠万贯又做文化人之梦……更普遍的是为生计操劳不息，为赶超比拼战斗到生命的最后一刻，为今生的诸多牵挂、放不下而无可奈何。

希望如碧云湖初春的宁静，亦如初夏薄雾蒙蒙，在春风吻过、夏阳沐后，一切归于虚无。诚然，甘于寂寞、清贫需要牺牲许多既得利益，而远离都市、独处自然更是需要大智慧和勇气。对平凡人而言，这些为数可以忽略不计的“怪人”是有病的或者是社会的多余人。他们置身碌碌无为又为生命本身所需的累赘奔波的环境，正如我眼前的都市里的绿色，貌似光鲜、青翠欲滴，其实每天吸进叶绿里的灰尘、辐射物不可胜计。而在碧云湖的四面山中，茂密的树木、翠竹、花草，每天呼吸新鲜的空气、沐浴清新的柔风，因而发出醉人的芬芳，释放出淡雅的自然。所以，崇延法师总能创作出禅机禅意禅韵禅味十足的诗文与摄影作品，将岁月过成碧云湖一样的安之若素。

老实说，在这个遽变的时代，我们的精神紧张程度跟贫穷落后的战争动荡时期没有什么大的区别。而那些长年处于战乱的弱小国家则情形更糟。一方面人类在享受丰富的物质幸福，一方面精神不可承受之轻。在夜深人静或者天明睡醒的那刻，我们许多人在怀疑自己的每天劳顿与狂欢的意义。在那下意识清醒的一霎，我们忽然看清冥冥中的自我。我们是何等可怜，仿佛一群戴着枷锁的狂舞者，玩偶般自娱、娱他。一边喝着众人酿制的乙醇一样的浮躁，一边拿着玩具似的尊严玩弄无知。但是我们盥洗后又不得不重复昨日的旅程，直至不再能继续下去。希望在茫然中继续，又在失望中萌生。单调的生活，没有补充人生希望的兴趣、爱好，总是让你空虚无聊，就如一个华丽的气球经不住一点刺激便结束了生命。

我倒常常羡慕故乡深山里的草长莺飞。小时候家乡光秃的山峦，经过这些年的休整、养护，已经望得见山、记得住乡愁。因为蓝天的梦想，我将一颗山伢的心化作彩云，让展翅晴空的大雁携走天涯。从此我之不我，失落故乡的原味，染上凡尘陋习，无法自拔。

这一次碧云湖之旅，我于清晨的波光中洗濯劳顿的心野。湖边山上的春之幽兰，次第开放，伴随缕缕山寺的檀香欣悦我的灵魂，湖面的轻纱似的雾霭漫笼那微微颤动的碧波。

幽兰总是开得那样漫不经心，就像儿时我在家门口山中所见。

有人欣赏也罢，无人问津也好，她只知道应时而生，应时而开，应时而谢，正是“百花解自意，开落随时去”。

在我春天回家时抑或旅游异乡的名胜，常常攀登于崇山峻岭，穿越于幽兰之间。花香迷醉了我的视野，花粉沾满了我的衣裳。满心的希冀化作了花事。这一次在碧云湖的山上，我恍惚中，感觉自己便是其中一株——心灵的愉悦与急迫，让我等不到对来生的许诺。我多想采摘一朵那株我倾注希冀的兰草啊！可是，我不忍让她带着血泪离开生养她的沃土和根系。我熄灭欲望，俯身轻吻。周围的幽兰许是吃醋了，摇曳着美丽的身姿，一齐呐喊。

眼前的芳草勾起我对儿时、对故乡的怀念，也骄傲平生以来对人对物的尊重与爱护。这让我童心未泯，对生活、人生的热爱不因岁月的苍老而苍老。人生之旅有什么比岁月的无情易逝而重要的呢?

自然界的尤物，原本属于所有生命的，我们只能远观近视的就不要随意攀折据为己有，己所欲人亦欲也。美丽的存在总是有限的，倘若每个人随心所欲去占有，就失去了她特有的魅力与初衷。她无以承受生活之重而过早结束使命。善待万物，最终是善待自己。

曾有一位我熟识的老中医写过与我感悟类似的一首诗——参透天机始不迷，地生万物与人齐。我伴众生成一体，相需为用莫相摧。无私不会生烦恼，造福他人福自随。闭眼世间无一物，开心样样总相宜……

希望的虚无，在一个需要冷静自省的时代，亦如碧云湖四面环山。封闭山外的尘嚣和污浊，才能让湖水宁静、清明。如同动力机上的调速器，适时调节自己，我们的生活才充实、永恒，才能做到富贵不能淫、贫贱不能移、威武不能屈。在我所处都市的历代名人中，我曾在题赠安国寺现任住持崇谛法师的一首绝句（烟波浩渺千帆逝，宝塔岿然耸碧空；多少禅缘安国寺，重生苏子就韩公。）中总结了两个人物：一个是坐怀不乱的韩琦，一个是千古文豪苏轼。尤其是东坡居士贵为大学士时不骄不躁，被贬黄州团练副使时不怨天尤人，而始终如一淡泊人生、热爱生活、奉献社会，以致文章如日月同辉，风骨历长江洗涤依旧。如今有各种各样的红学、苏学之类的研究机构，我认为如果学者们不能明了地把握这一点，任何考古式探微、学院派深究都是徒劳。因为一切希望在东坡先生那里永如幽兰淡远，又似阳光，暖照自己和世人。《红楼梦》之所以历岁月濯洗依旧光鲜不减，就因为作者用碧云湖一样的洗练之笔书写了自己对所处时代的风物人生与家国情怀。

每一次与碧云湖的相见，就是我希望的新生。纵然那或浓或淡的山岚湖雾撩拨我对自然万物的偏执，一切终是风过雾散。而能给予我的是山峰一样的兀立与湖水一样的平静，以及山寺一样的空灵。这种心境，于春将尽夏且至的万物生长的日子，开始有了酥软欲眠的感觉。

下山的路上，我多想就地而卧啊！无意间，我碰到一棵杂生在树木草丛之间的红杜鹃。相比兰草，它可要硕大、夺目得多。我没有见到这些光灿鲜花的缘由，是因为上次来碧云湖，有位居士说，如此圣洁之地生长的兰草花陆续被朝圣者和旅游者肆意采挖，如何是好？这样下去将花之不花了。所以这次来，我几乎将全部的心思放在幽兰身上。当一个人专注于或担心于某件事、某个人时，他对于世界上的其他将熟视无睹乃至忽略殆尽，这好比热恋中的二人世界。许多人总是将自然界少有的珍稀品不惜一切代价运回自己的家中，更多人则是见美就爱，听凭感觉将所爱据为己有，还有的人是跟风跟潮，别人喜欢的就自己也喜欢。于是争斗、战争此起彼伏，资源被掠夺殆尽。可是，很少人想到，这些对生命而言并不必需，但用生命的珍贵去换取值吗？世间真正珍贵的是你我的生命。空气、阳光、水分、必需的食物与居所，可足足养育自己而且康健。因为人类在眼耳口鼻身的诱惑下，将美好而平凡的希望变作奢望、欲望，而无明烦恼。世间这些花草、树木、虫鱼、飞禽走兽等，是提供给我们最好的生存环境的奉献者与守护者，人们往往对此懵懂而不加珍惜。黄金、珠宝看似珍贵无比，其实对每个生存者而言不是生活必需的，远远不如廉价的食盐受用。

我们要想在希望的路上阔步以前，无疑少不得对信仰的坚守和对自然的尊重。无论现有还是将来的所有国家采取哪种制度、由谁当家做主，我们的目的是达到人与自然的和谐，人与人的和谐是以人与自然的和谐为前提的。既往还是未来的形而上的东西有其可取一面，但在维护人与自然共生的进程中，囿于各自的利益难以尽善尽美。正如四大文明古国的发展史，唯有在发展中不断完善、保持自我方能传承，各种优秀传统文化成果需要与时俱进、适应自然的法则完善，也如希望随时在此在中产生与幻灭之理相同。

碧云湖的一草一木如大地上一切生灵一样，都是有灵性的。我们多一些欣赏，少一些掠夺，也许是对人生最好的沉淀与暖照。

清泉如许

我每次来去碧云湖，都是搭顺风车，而坐的最多的是黄州大高的车。大高是个小商人，热衷于做功德。我最后决定写碧云湖也与他的介绍相关。他让我们共同的朋友，把我带进了这片圣地。他富有的物质基础让他能够自由地支配自己的行踪。我们生来就有的许多梦想，大多数只有在物质条件允许的情况下才能得到满足。卖火柴小女孩的梦是凄美的，因为客观条件的残酷，只有连同生命一起死去。听说佛教传入东土很长一段时间，僧侣们的衣食不保，自从四祖禅宗实行耕修并行后才解决了他们的生存之忧。生命的维系与延续需要能量的适时补充，正如大地春夏秋冬的轮回。难怪马克思主义认为经济基础决定上层建筑，存在决定意识。

大高每次离开老祖寺，到碧云湖附近的山庄，都要灌装几大桶山泉水带回家。

他说，他家人一日不饮碧云湖一带的水，日子就没法过似的难受。这在去过碧云湖的人看来毫无矫情可言。就在三月我们去碧云湖植树的那次，同行摄影家朋友在黄州上车前一脸病容，一路上闷闷不乐，与他平时夸夸其谈的性格极不相称。我又不便问个中缘由。直到第二天我们离开碧云湖返回途中，他说，老祖寺的水真好，住上一夜胃都舒服了。你们不知道吧，昨天出发前我胃难受得多厉害！要不是碍于你们的诚邀，我真的来不了。下次，我也买个水桶，买一桶泉水回家。

在我儿时常常看到老家附近山里许多人的脖子上吊一个大大的肉囊，家乡人叫“泡颈”，我觉得好笑又奇怪。有一天忍不住问祖父。祖父告诉我，这些人的脖子是因为长期饮用缺碘的山泉水所致。自此，我对清纯的山泉水不怎么看好了。这种偏见一直留存在记忆里。如今喝多了各种饮料和经过加工的自来水，又莫名地偏爱起山泉来。尽管市场上经常有各种品牌的矿泉水，但饮用之后总感觉没有我家乡的、碧云湖的清泉甘冽、可口、放心。有人称，曾有一段时间，许多矿泉水是直接用自来水罐装的，只是商家舍得花钱广告罢了。在讲究品牌、虚荣的背后，我们往往以无视生命健康与不舍昼夜的劳作来换取利润为代价。可是我们在随波逐浪的时候不能清醒，在痛定思痛之余又忘了伤疤重蹈覆辙。猎奇、尝新、追名逐利……让我们总是忘却自我，狂热地面对浮浪似的人生。于是，一些人因此成为赢家，成为生活的主宰，而更多的人仅能充当耍猴者的玩偶。

长大后，国家开始推行碘盐，山里人不再碘缺乏。他们饮用的山泉成为世界上最纯净的绿色饮品。任何一件美好的东西都不是完美无缺的，正如珠宝再珍贵，不能当饭吃。但我们取长补短，优势互补，相互利用，一件残缺的东西也会派上用场，终将成为美好。

我每次回家，如饮玉露琼浆般海喝家乡的泉水，心底漾起无穷的惬意。碧云湖的山泉在某种意义上比我家乡的山泉更富有禅味，难怪许多人都向往来这里享用一番，走时不忘用茶杯或矿泉水瓶子带一份回家；难怪我这位同行饮用了近两天的清泉，胃病都得以缓解。山之甘泉乃天地精华所化。在这片莲峰耸翠、云雾经年、梵音缭绕之地，碧云湖的水更是美妙绝伦！

大高笃信佛教，每次带水回家，如果从庙里灌，他就老老实实地经允许后再灌装，或是从长期与之有生意来往的云峰山庄拿。庄主告诉我，开始大高拿水时坚决给钱买，他坚决不收，两人闹过不愉快；后来大高不提钱，而开始变相弥补每次拿水的钱。说实在的，我这不是托精准扶贫的福吗？要不，农村人哪能让山泉水像自来水一样打开水龙头就能饮用？连冲厕所都是用山泉水。

大高告诉我，寺庙的哪怕一滴水，非经许可是不能拿的。生活中，不属于自己的最好别据为己有，否则要等量回报。我们一些人多数情况下想到的是如何最大限度索取，就像资本家成天想着如何榨取工人血汗增加利润，其实这是在做着损福的蠢事。天底下众生平等，老天对任何人都是公平的。你得了自己不该得的，迟早要让你吐出来，还要加倍奉还。

对这位虔诚的信徒，我没有妄加评说，但我将他的言行如实记述下来，供亲爱的读者参考。不过，他的行为是向善的，如果我们人人献出一点爱，这世界将成为美好的人间。

行走在碧云湖畔，我不明白，造物主在给予人类家园、智慧的同时，为何要给予如此多的祸患、欲望？为何不像清泉那样纯真无瑕？不像流水那样随遇而安？不像滴水那样水滴石穿？不像海水那样藏垢纳污？不像江河那样不拒瓢钵……

至柔之水啊，你如大地一样宽厚、母亲一样仁慈，又如坚船利炮无坚不摧！

关于水，历代文人墨客、哲学鸿儒都讴歌无数，但我对山泉的热爱之外，又对其遭受污染深感忧虑。日以千计的各种排放物源源不断地排放进江河湖泊，汇入大海。海水已不能承载其污。据说，许多塑料废品被水类动植物误作食物吞食，因为消化困难，纷纷丧命，长此以往会使某类物种灭绝。人类食用这些动植物后，也会不可避免地受到污染，致使基因改变。当然，目前还没有足够的证据证明这些行为祸害人类的最大程度。权当危言耸听之余，我们不得不警醒对人类母亲河的关爱，不得不时刻加强对生命之源的高度关注与呵护。但事实上已经发生并难保将来不再发生的是，一些国家居然在海水里进行杀人武器的试验。那种危害真是骇人听闻，后果不堪设想……

我们在制造垃圾的同时，也在通过食用被污染的食物而成为垃圾体。尽管这种让自身成为垃圾的毒素不能马上让你毙命，但如同一颗定时炸弹隐藏于你的身上随时有引爆的可能。最危险的是这类潜在的危机，往往被当事者置若罔闻或冷水煮青蛙，就如尼古丁和乙醇对人体的慢性化伤害相同，亦如雾霾、色香味俱全的垃圾食品对生命的腐蚀一样。

我们为了追求暴富式的经济增速，不惜牺牲大自然本来的生长规律，而人工种植、孵化、生产花样种类繁多的反季节、反物性的蔬菜、水果、水产品、肉制品……又为满足人的味觉需要而大肆添加各种各样的色素、佐料，以致加工成食物徒有分量而无营养。人的身体在缺乏自然的养料中失去平衡，继而百病入侵，从而带动了医疗机构和养生保健品的红火。我们是将自然界的财富开发出来，让极少数投机家一夜暴富，却以牺牲大部分人的健康为代价。最可悲的是，我们多数人深受其害而喜形于色，不明所以，无动于衷！

这些被认为制造的不能危害生命又在剥夺生命健康的垃圾食品，包括名目繁多的用水做的饮料、酒等。原本无色无味的大地甘泉营养丰富又无杂质，经生产厂家的加工营销，价值貌似提高若干倍，营养价值却降低不少。除非病患者需要输入必要的抗病菌药物或维持生命的营养液外，我们正常人能够饮用泉水、纯质的江河湖水足矣。

能量过量与营养过剩是当下影响人类健康的祸首。与其满足味觉的嗜好大吃大喝，不如坚持饮用适量的山泉纯净水，或者饮用纯净水冲泡的红茶绿茶。平时的饮食卫生与保健的生活看起来清淡清苦，但比起不加节制的生活行为导致未老先衰抑或慢性病、癌症而去寻医问药，不知要强多少！而且，这样在无形中自我缩短了自己生命的长度。多么得不偿失啊！你我糊涂一时，自以为聪明一世。我们对大自然提供万物生命之源——水的珍惜，应该像老祖寺出家人那样，惜水如惜福；也如太空人那样，将自己的小便回收利用。当然，我这是从这个层面来提倡的，并非故弄玄虚对成本核算的无知。

我曾在比较缺水的北方一座城小住，那种严重超标的水真的不堪饮用，对我这个水乡长大又一直生活其中的人而言，有时候连洗脚都嫌脏；可是当地人对此却熟视无睹，极似我在家乡一样对水习惯不已。

众所周知，地球上物种起源与毁灭主要因水而起，城市兴衰与人群的迁徙亦然。我们既然知道这些，为何对大自然的恩赐不倍加珍惜，而为了眼前的利益去横加破坏呢？为何每天在生活、劳作中对水不知惜爱呢？也许无数人说，今天忘我地工作、不惜一切代价地攫取利润是为了自己的后代，是想给予他们更安逸舒适的生活，以避免像我辈一样穷苦、潦倒。爱心可嘉，私心可恨。我们的所作所为何尝不是为了满足自己的虚荣？如此超量超前的攫取之举何亚于拔苗助长、竭泽而渔、剥夺子孙生存的权利？

每次饮用山寺用碧云湖的山泉泡的禅茶，在轻萦的茶雾中，我都陷入如此沉思。可口的茶总是给我悟性和再现天性。是啊，碧云湖山泉是"泥沙穿透滴涓涓"的活水泉。她历经岁月的风霜、汲取天地的精髓而藏垢纳污、沉淀清纯。用它泡的宝掌茶，自然就有禅师们的无限感慨——"日月风至照万家，石上清泉夜里茶；精进明僧知更好，香烟茶醒满袈裟。"是的，最好的水是为最好的茶准备的，正如好马配好鞍。同时，最好的茶是用来待最好的茶客的；而最好的茶客是善待人生、善待生灵的智者。每一次在这清静无为之境，我品茗的时候，恍若神仙，心灵于曼妙的茶香中得以升华。

是啊，碧云湖边生活真好！

有雨的日子

空山新雨后，天气晚来秋。
明月松间照，清泉石上流。

去年秋天我到碧云湖，没有一次不遇上雨的。初次遇见，迎接我的是大雨滂沱。寺里的住持竟说这雨是给我润笔的。一贯喜欢听好话的我，被雨水淋湿的心情豁然晴朗。人生许多时候，特别是处于逆境之时，非常需要换个角度看问题。我们无一例外，要多看到自己的光明和希望，亦如茫茫黑夜中独自跋涉，偶尔望见前方一星灯火，你便信心倍增，不惮前驱。

今年春天，我来到此地，晴好居多。昨夜的一场春雨，下得还是相当猛烈，将我惊醒几次。睡睡醒醒，冷冷的感觉袭扰周身，雨点的坠地之声清晰悦耳，没有平时暴雨之夜在家中所听到时的那样担惊与烦躁了。这里所发生的一切似乎跟未发生前没有什么大的两样。心如下雨前的碧云湖那般平和、清净，又似湖面微风抚过，微波浅笑。在睡与清醒之间，我怀想秋天和春日站在湖边的情景，尽情地分享雨前鱼儿的自由自在，雨中的欢悦如如。这些水中精灵一会儿翻身跃出水面，一会儿张嘴贪吻雨点，俨然在向我的不自在示乐。不知不觉中，我又进入梦乡。

下了一夜惜别春、将迎夏的雨，至我醒的早晨，还没有停歇。鸟儿早我起来了，它的鸣叫告诉我光明的来临。寺院的钟声早已敲过，僧侣们早课已毕。而我仍然想躺在被窝里，将前几日的劳顿睡尽。窗外的雨敲打着许是湿透了的地面，发出有些沉闷而有规则的嘀嗒声，弹奏着催眠的禅曲，很让睡眠中的我受用；可是雨携来的凉意不时将我冷醒。在这个阳气上升的春末，我不敢贪暖，只盖一床棉被。但在阳春三月来临此地，我没有考虑这么多，而是毫不犹豫地用电热毯暖床或在被服上加盖一床厚被子。万籁俱静、一尘不染，这种适宜的居住的环境总是让你心如湖水、睡意深沉。白天叽叽喳喳那样热闹的林鸟在漆黑的雨夜不知藏身何处，是否也安眠如我？

无需担忧，一到曙光初照，它便欢悦地带来新一天的报告。早起的你就会在林中或空中，目睹它们张开翅膀翱翔，欣赏到它们与雨玩耍的场面。这个时候，你十分想成为它们中一员。它们又低翔于滴翠的松竹间，盘旋几圈飞向迟开未谢的般若梅花，嗅一口代表着和平、庄严的馨香，从你头顶悠闲地“吱”地一声，飞去……太可爱的小家伙！在你眼前晃来晃去，在你身边走来走去，却不让你捉住它，多像调皮的孩子在跟你玩捉迷藏啊！还有雨后的小松鼠，在这个刚过去不久的清晨，它跑到我下榻的寮房，也不知什么时候侦察到我的窗户打开了一道缝，而且刚好能够让它穿窗而入。它目中无人地爬上我的床，越过我的枕头，幸好没有踩到我的脸。在我的提包旁溜达一圈后，坐在放提包的桌子上，吮吸着小鼻子，两只前脚搓动着，两只圆圆的大眼睛审视着我。我装作深睡，一动不动，偶尔微睁双眼偷窥它一眼。它待了约莫三分钟时间，许是见我贪睡不理它而觉得无趣，倏地溜下桌子，从来的方向大摇大摆离去。

目送这个活泼可爱的小家伙离开，我不禁想起前不久在登莲苞峰时遇到过的那只，是否就是它呢？几乎一模一样。那天我坐在一棵松树下歇息，见到一只灰褐色小松鼠在偷偷啃吃对面不远树上的东西。听到我的呼吸，它朝我这边看了一眼，立即逃窜到草丛，消失得无影无踪。在与我目光对视的片刻，我看清它的瞳孔和人一样是黑色的，眼睛整体是深蓝色的。

是啊，像极了！我想。很有可能就是刚才坐在桌子上的那只。要不它怎么知道我住在这里呢？我连忙起床，朝窗外的竹林看了又看，但所见到的依旧是清晨的雨。

卫生间盥洗盆上趴着一只可能刚苏醒不久的蚊子，见到我时没有飞走。倘若在平时，我会一巴掌结果它的小命。可是，我没有这样做，而是用手扇动它，驱赶它离开。在它飞起的同时，我将窗户彻底打开。这个讨厌的家伙偏不领我的善意，任我怎么赶就是不飞出窗外。我不想跟一只蚊子计较，趁它离开洗面盆的时候，我抓紧时间漱口。当我漱口时，它却主动飞出窗外。老祖寺、碧云湖的一切真是太有趣了！

大雨从夜里一直下到第二天中午。圣清法师说，昨夜在禅坐中，雨下得越来越大，他似乎断烦止妄，似乎无我。雨一点不客气，也不打招呼，来时狂猛，消退得也温柔，似乎把大千世界种种颠倒抛出云外。

此时雨已停，天空莲云朵朵，灿烂的阳光映照碧云湖，就像镀上了一层金波。碧云湖又像是在蔚蓝的天空里悬挂的一幅水彩画。

我在紫衣观音佛像前的湖岸，邂逅了一位来此地隐居的青春女士。她对我说，此时独步碧云湖旁，微风带有甘露淋抹脸面，确感无比幸福。因为她沐浴在爱的因缘里，享受在碧云湖的禅缘里，幸福在祈祷佛陀的恩赐里。她还告诉我，今日紫云山老祖寺显得格外不同，它好像知道明日就是夏至，在这个告别春天的当口，让一场大雨将天地宇宙间的时令大放光彩，为无数善男信女搭乘七道彩虹神佛天梯，悬挂在碧云湖上空，供其登上雨梯搭乘彩虹跪拜佛陀双足，让天雨赎罪众生轮回之苦……

雨是自然界中客观存在的事物。有雨的日子无所谓好与不好。但是，如果世界永远是阳光，大地会被烤焦。我们的人生如果永远阳光灿烂，快乐亦将淡然无味。没有风雨的人生，就没有生活的丰富多彩。我们向往平淡如水的生活，憧憬阳光永远的旅程，但宇宙早已告诉你，希望总与失望相同。唯有像自然一样生存，我们将关爱自我、顺应天时地利、活出真如。

雨后的碧云湖宛如山水画大师刚绘的新作，清新、淡雅。莲峰、茶园的绿意更是清纯爽目。穿梭在刚被雨水淋湿的树林、茶园，你会在湿漉漉的感觉中寻找到一种远古人的野趣。空气的新鲜、树木花草的清香怡人不已，丛林中的各种鸟儿相互呼应似的招呼接访我这个不速之客，而且似乎还是一个带有点神经质的异乡人。我的裤腿湿透了，沿着溪泉流过的小涧旁边，我在寻找春天将逝的足迹。流水有声，是否也有痕？我的衣裤湿透殆尽，满心却兴奋于这充满原始的淳朴之感的并不多见的绿色世界。

清泉从数丈高的石头上流下来，潺潺之声权当迎接我的欢迎曲，舒缓又有些激越的速度是它对我的不邀自至表示出的拘束与欢喜。也许很久很久没有人像我这样，在雨后无事攀登此地来拜访它。在世俗的眼里，不可思议。但对于昼夜不息的瀑布而言，我是能够和它亲近的知己。我听到了溪泉的诉说声，也由此见证了流水有痕。

在岁月的旅痕中，因为只知道前行，我们忽视了对自身足迹的瞻顾，而遗忘了曾经的足迹，重叠、杂乱、覆盖，继而原地踏步忙忙碌碌不知，或者醉心弯道超越却重回原点喟叹。时光却如流水，今是而昨非。

一个月后，又一个雨季的来临，碧云湖仿佛一位丰盈的孕妇，饱胀生命的乳汁，滋养湖中山上的万物。

这时，湖面上升到极限，那次来遇到水面因库区修缮而下降的情形，显然没有了。斜风吹过，密集雨点的湖面被切割成规则的弧线，随着风向的改变，弧面颜色由墨绿渐变为泛白。雨中的游鱼像贪玩的儿童，纷纷浮出水面，让雨点敲打背脊，舒畅地跟随波纹寻欢。这些水中的幸运儿还挺喜欢来到岸边玩耍，特别是当游客或朝圣者站在岸边的时候。

寺庙后山的林海隐没在雨雾的帷幕里，除了淅淅沥沥的或者连珠炮似的雨声，在白天还可以听到林鸟的啸叫，当然这种声音多半在雨停雨落之间的间隙。大概是它们从躲雨的地方跑出来放松片刻罢。如果在晨钟暮鼓响起的那刻，雨中的声音清浊相杂，便不是平时那样静寂了。或许有时，抢抓暴雨喘息的机会，开一场别具一格的雨中演唱会。青蛙拉起了风琴般的合奏，缓慢而轻微的雨滴湖面和亲吻植物之音，是伴奏的和鸣。在黑夜像是在举办一场泼水节那样，完全告别了静谧，而是大地一片恣肆的轰鸣。“嘟——嘟——嘟”的啄木声，如小和尚敲击木鱼发出的声响，将这片雨雾笼罩的禅林增加了几分空寂。“喊——喊喊”“水儿——水儿”“呱——呱”……林鸟的清唱，往往在夜将离去，划破夜空，将黎明在雨中沐浴后送给人间。新的一天来临，而碧云湖仍沉浸在睡意蒙胧之中。大地、森林、湖面，水淋淋的，就像刚沐浴的淑女般美丽，端庄，圣洁，芳香！

隔湖对面的山峰，影影绰绰的，人的视野往往被雨帘和雾霭大打折扣，看起来模模糊糊。

站在窗前或者檐下，我们安全地躲避了暴雨的袭击，却为没有晴朗的天气而懊恼不已。倘若在森林里或回家路上，突遇一场大雨而变成落汤鸡，我们多数人会感冒的。经过漫长岁月的进化，人类逐渐掌握生存能力，向幸福生活迈进，却又不得不承认曾经有过的适应大自然生存的能力好像在退化。尤其是，随着高端技术在生活中的广泛应用，过去那些奢望而梦想的生活方式，在成为可能情况下，人类又将面临在温室中彻底丧失能力的不觉。

去年初冬和今年初春，寺前左侧的平地，有参天的光秃云杉。如今这些直入云霄的树已经枝繁叶茂，其中有四棵国家二级珍稀植物鹅掌楸。直到光秃的树干穿上青翠欲滴的衣裳，我才知道云杉林中藏着名贵的鹅掌楸。假如我错过了它们的生长季节，像在去冬今春重来此地，在我的印记里便没有鹅掌楸的元素了。

雨中，特别是瓢泼似的大雨中，几乎没有看到飞禽走兽，也没有见到一个人。然而，山中、寺外的树木花草等植物，没有躲避雨的条件和意愿，而是任凭风吹雨打。我走近寺中那株千叶梅，伸手摸了摸被雨水淋湿的绿叶。它整个都被淋透了。

在短暂的暴雨中还可以想象植物的忍耐力。但在淫雨霏霏的梅雨季节，它们同样要经受长期的浸泡。许多时候，都是劈头盖脸的淋雨。日出后，它们更加青翠了。经过雨季的洗礼，它们又长高了一大截。

这就是植物的伟大之处。尽管它们没有言表，其生命力远远超过动物，当然，水生动物不包括其中。

夏天烈日的暴晒与严冬的冰冻不亚于暴雨对植物的考验。除此之外，植物还要遭受包括人类在内的一切动物的肆意妄为。可是，它们依旧在生长，在繁衍，自从地球有了生命以来，从来就如青山不老、绿水长流。

千年古寺曾几度毁于一旦，莲花双峰及莲苞峰上的云松、四季青、扁柏、多罗、楠竹依旧常青。碧云湖的水自古以来就清澈、碧绿，在这片植被厚实的森林，仿佛一床棉毯盖在万物身上，在无声地关照着山上的水土，吸纳雨水，过滤，输送，年复一年，日复一日。

我们人类生活在天地之间，我们的心悬浮在半空，如湖面倒影的流云，看似悠闲自在，可感可望，而不可求。我们总是生活在虚空的无我之境，因而当夜幕降临，浮云即逝，惶恐不安。

烟雾弥漫的山中的花草荆棘，扎根大地，与阳光雨雾风霜雪月同生同长，不超出自然赋予的本分，深受大自然的呵护，而不至于凋零。

我走出遮挡暴雨的房舍，撑一把雨伞，想与雨中的植物一样融入黑夜。但我刚走几分钟的水泥路，地面溅起的水花就淋湿了我的鞋袜，打湿了我的裤脚。这把雨伞也是不堪雨淋，伞外大落，伞内小落。雨中寒气还是逼人。我的意识非常清醒，在暴雨之夜，想作一场自我告别，谈何容易！

我不假思索立即返回。身上已经没有干燥之处了，我不由自主地打了一个喷嚏。

我想做一回小草的计划就这样泡汤了。我越发对自然界中的绿色生命致以崇高敬意。我们人类何等脆弱，如果没有群居，如果不是这些顽强的绿色生命提供给我们以能量，该如何生存？

诚然，老祖寺茶园的茶跟这些花草树木一样，对大自然的索取是如此的少，生活得又是那么简单，可是它四季青绿，而且为人类无私奉献。我何尝不想像它们一样生活？但人类因为思维的存在而习惯将本能夸大，将所谓的聪明才智用于那些丧失本能的技巧创新上，将世界带入自我陶醉的怪圈，让自我遗忘变异的沉痛，整日如同吸食海洛因似的兴奋，麻木。

不过，碧云湖的山上，也在人为地栽种黄精、桂花、紫薇等草本木本植物，以对原始森林遗留下来的树木花草进行物种的改造。适者生存，优胜劣汰，在自然的支配与选择下，为这片土地注入新鲜血液。

我们人类在适应大自然的过程中，也并非完全胡作非为，而是不断冒险，在否定中寻找本真。所以，我们要随时对自己的偏见、生活行为、思维方式、生存环境，诸如此类作以冷静客观的反省。大胆告别自我，告别生活中有违初衷的一切。我们才能实现人生的升华，将永远如碧云湖一样清明、平静。

旅 行

在某种意义上讲，人生就是一场旅行。我们每个人生活的全部因旅行开始又因旅行结束。不过，孤独之旅占去了大半。即使在不同的阶段有着不同人的陪伴，但我们的内心是孤独的，这种处境正如冷暖自知。

在这个“五一'假期，我计划好了的要带朋友去碧云湖体验一番。先前读过我写碧云湖文字的几个本地朋友均请我做向导。我能够搭他们的顺风车，真是求之不得！可是到了“五一”前天，其中一个朋友说2号才能去，要我等等他。我便与那位“五一”一大早要去老祖寺做功德的企业家朋友，擦肩而过。到了晚上，这位朋友电话我说路途太遥远，家里有事只能改期。我立即联系另一位约我多次未能成行的朋友，他满口答应2号上午去。到了第二天早晨，他又电话我说，上午要去武汉办事，下午快去快回，晚上去歇就行。快到中午，他又电话我，晚上路不好走，要不3号早晨再去？我于是改变假期计划，放下读书、写作，去和煦阳光沐浴的街道上晒一晒因事与愿违而有些许阴郁的心情。对我这个多愁善感的人，散步很有必要。没想到，这次漫无目的行走，在相对清净的黄州街道，倒让我有所发现。

黄州这个古老而新兴崛起的城市，我待了三十年之久，第一次感觉到黄州在“五一”这样的节假日是比较清静的。车辆、行人相比平时少多了。是的，我才注意到过去不曾在意的——尤其是清晨、夜晚，你走在大街上几乎见不到平时的拥堵的人群。在一个古老而传统的国度，城市是人们工作的场所，乡村则是人们节假日休闲所在。我们物质上的追逐多半在都市进行，而精神上的放松则需要回归乡村，似乎这一点被越来越多的人所苟同。因此，市民总是将宠物、花草养在身边，以弥补人性被磨灭的虚空；农民总将房屋、家具建造得尽可能跟城市一样时尚，以填补对物质缺乏的满足。无论彼此采取哪一种方式，都是优势互补，以求达到物质、精神高度的平衡。这一点毋庸置疑，但真正能够实现人生的幸福，自然的生活是首要的。而明了这些往往是在中年以后，抑或垂老病死之时。许多人最后带着不舍、不甘和遗憾痛苦地离去。

人类对旅行看似极有目的性与计划周密，但常常为路边的风景所迷惑，以致好不容易转了一圈又回到起点，就像在前面我提到的小白鼠在卖家的笼子里不停地爬转，却永远走不出被人编织的牢笼。买家或看客只知道小白鼠的命运可悲，却很少人会联想到自己的悲剧人生若是。每天闲逛、赌博、酗酒……做一些毫无意义的事情，打发时光，让生命向终点溜去。更为可悲的是，几乎清一色的生活与旅行，养成了人类的惰性与守旧，倘若有某个人标新立异，那可得群起攻之。同类也就视为异类了。只要大家齐步走，哪怕蜗牛似的蠕动前行，也是天经地义的。不过，如果没有人性的弱点，那些优秀的人物不可能脱颖而出。磨难与抗压是伴随旅人的魔鬼，也是天使。当你走到终点，它们天使般给你坚韧不拔与智慧，或是魔鬼让你恐惧前驱。

我对未来的设想，在对碧云湖的深入了解中，不断修正、完善。社会的发展也是一种旅行，譬如，城市不应该规划得那么包罗万象、那么广阔无垠，楼房不必建造得“手可摘星辰”、深入到地底下，私家车要减少到现在的百分之一，地铁、绿色环保公交应占据城市交通的百分之九十以上。工厂、学校、公益事业机构与服务场所应齐全但必须严格规划，孩子入学、工作上班最好就近就地，生活资料毫不含糊地从四面八方的乡村源源不断运送到城市，并确保食品安全、环保。市民与农民的差别将会如男女性别一样，有别却均等，为着各自的所需付出各自的劳动和服务，然后来往于城乡之间寻求生活的和谐。我们的一切生产将不再追求经济效益的最大化，而是为满足人们足够的物质精神营养，有节制、有计划地生产。

现实面前，这样做谈何容易？人类对物欲的渴望与追逐到了不可思议的地步！所谓“人为财死鸟为食亡”，亦如马克思所言，“当利润达到10%时，便有人蠢蠢欲动；当利润达到50%的时候，有人敢于铤而走险；当利润达到100%时，他们敢于践踏人间一切法律；而当利润达到300%时，甚至连上绞刑架都毫不畏惧。”然而，在人性的贪嗔痴上，碧云湖畔的老祖寺僧侣们表现得却如湖水般平静、山谷般空净。如在前面谈过的老祖茶园数百亩，每年产量不过千余斤。如果在以盈利为目的茶园则每亩年产量就能达到这个数。他们基本不施肥，不打药，更不用生长素，而且根据茶树生长特点适当采摘，秋天基本不采，让茶树休养生息……

在熟悉的大街上我转悠了一段时间后，返回家里做饭。原本可以在街上餐馆随便应付一下了事，但是越来越吃不惯外面餐馆里的饭菜，除非我几乎每天早晨都去吃的那家老面馍小店，吃上一个 0.75 元的老面馍和一碗 1.5 元的稀饭。这家小店里的腌菜、黄豆、南瓜等是从乡下老家直接购买过来的，绿色、环保、可口。然而，店主每天只做早餐，而且节假日也给自己放假，尽管如我一样想吃他家老面馒头的顾客不计其数。老板总是有计划、有节制地生产，生意却长盛不衰。

新近姐妹从家乡给我捎来了不少土特产，夫人带去一部分到儿子那享用，我得趁闲好好犒劳自己。中午，我用土猪肉煮朋友从大山上给我带回的竹笋，主食是用春节另外一位朋友从老家带给我的糯米煮陈年腊肉加新鲜豌豆。这种原生态的饭菜实在香极了！我饮了小小一杯李时珍保健酒，心里甭说多高兴！如果有闲，亲手做饭真是件非常愉快和增进食欲的事。饭来张口的外卖或上馆子这些活动，迟早也会异化人类。一个不负责任的饮食业主为人们提供食物不亚于谋财害命，这一点毫不夸张。我前面的文章里说过，人类除了格外繁重的体力劳动外，最好亲自劳动。劳动让你感觉自己的存在与快乐。我们在图享受的时候，千万不要忘记传承人类优良的本能与优秀的品行，而这其中重要的是劳动与旅行，以适应自然的生存环境，促进物种的遗传。西方一些发达国家中，那种丧失人类生存本能的养尊处优，貌似无比幸福，实际上在为自己的变异甚至毁灭制造癌细胞。癌细胞的人为消灭

（治疗）总是不可能逃避新的癌细胞产生的厄运。在饮食中，我比较推崇老祖寺的斋饭，那种不添加一丁点作料的制作工艺，和住持带头下厨房掌勺烹调的作风，以及僧侣们自种蔬菜自给自足的行为，是人类保持美德与本能的有效方式之一。

午休起来，我骑电动车去15公里外的黄州城郊外的齐安湖生态农庄果园，去体验樱桃、桑葚的采摘。这是我第一次骑电动车走这么远的路程。一路上，阳光静好，微风拂面，心旷神怡。假期来园体验采摘的游客无数。果园奉行天然种植、自然采摘的理念，让来者回归自然、品尝天然，享受到无穷乐趣。每次置身大自然的怀抱，我像一位回归母亲怀里的婴儿那样倍感温暖。早晨因羁旅造成的不快，亦随风飘散。回家的路上，我有了“江南五月春如故，葚熟樱红累满枝；彩袖添香桑子妒，秋波涌动小桃痴”的感怀。

到家时，已是下午5：20了。本土摄协主席电话问我明天是否有空。我说想去碧云湖。他说也正有此意，希望一并成行。我油然而生感慨：时光在执意等待与别人随意改变中走失。但是，等待既是一种考验，又是一种对他人的信任、包容。而且，旅途因为他人身不由己的改弦易辙或自我不经意的错过，只要忍让、不放弃，奇迹随时并终究会发生……

你丢我捡

进入五月，碧云湖仿佛怀春少女，美丽多情，青春无限；又极似天女蓑衣梵裟，皎洁青翠。

清晨，柔风怡荡，涟漪漫湖，鹅鱼游弋，朝雾轻笼；薄暮，微风掠过，不是吹皱一池春水，而是仅仅于湖心漾起一团碧波。朝阳从紫云山巅露出绯红的云霞，将静静的寺院与一汪碧水涂上一抹嫣红，活像刚刚睡醒的少女腮边的晕——许是那个娇羞的梦遗留的碎痕。山中、竹林间的晨鸟每每在这个时刻，总要敞开歌喉，对这位羞红的女子表现一番。但湖里的春心永远如此沉静，微澜如莞尔一笑似的回赠给深爱的追求者。

夕阳每次离开莲花双峰，都会将淡淡的晚霞涂抹在青山绿水中。碧螺峰、宝塔山上葱绿茂盛的多罗树，倒映在湖中，翡翠一般，又极似绿色的火柱，将湖心点燃，轮廓、颜色分明地向你裸露倦怠的娇容。我忍不住多看了几眼象征权贵、富贵、多佛多法的多罗树，尽管隔湖而视，而且我站在离湖边较远的茶厂院边。

圣清法师告诉我，这种树在宝掌禅师那时就有，属棕榈科乔木。又名贝多罗树、扇椰子，盛产于印度、缅甸、锡兰、马来群岛及热带非洲。树高70余尺，花大而白，果熟即赤，状若石榴。树叶呈扇状，叶面平滑坚实，人称贝叶或贝多罗叶，可书写经文。印度最古老的佛经即刻写于贝多罗树的叶片上后结集成册，称为贝叶经，距今已有千年历史。果皮含纤维质，可帮助果实漂浮海上传播远处。其树液可酿酒，叶片编织容器，是一种用途广泛的植物。叶掌状扇形，雌树结的果实如可可椰子大小。

听说二十世纪末，这儿尚有牛群放养。每到傍晚，牧童吹笛携牛群从山上回到碧云湖畔的牛棚。初生牛犊在归家的路上常常顽皮捣蛋，因此挨了牧牛人不少的呵斥。尽管如此，这些调皮蛋愈发跟放牧者放肆。饲养牛的人家很少自己享用自家牛肉，为了谋生，他们又不得不将牛卖到山外市场换取生活必需品。

如今，这里只能见到采茶的妇女满载沉甸甸的收获，陆续回到茶厂，还有归巢的林鸟在空旷的莲峰包裹的天空作昼间告别的仪式。随着落日的消失，白天的隐去，这些可爱的多嘴的飞禽，也不知歇息在哪棵树上抑或草丛间。我从天边云际收回视线，观照眼前时，制茶禅师正在收下她们一天的劳作成果，然后将茶叶摊开在簸箕里，等待第二天晾晒，又将当天已经晾晒的嫩叶一簸箕一簸箕收进木制框架里叠放。这次赶上禅师制红茶，是不错的机缘，但红茶制作过程及周期太长，我可能只能管中窥豹了。趁晚饭尚未开始，我站在茶厂院墙边，欣赏夜幕下的碧云湖。无意中，我发现进茶厂的路边有一泓清泉从一个白色塑料管流出。潺潺的流水声令我兴奋且好奇不已！

下午从黄州到老祖寺，走时匆匆，忘了带水杯，路上一口水未喝，难得遇见甘泉，便到出水口准备海喝一番。提一桶衣服来洗的少妇见了我，连忙道，这水不能喝，要喝你跟我来。

我们从出水口上行三米远，再穿过一座两米长、半米宽的小石桥。呀——两个后视镜似的大圆水池出现在身前。水池相连，鱼翔池底，水清亮无比！紧挨山边的水池丛林中有一块石碑，上面镌刻着“莲花甘露泉”几个隶书大字，字体还漆了红。

洗衣女说，这个池子是饮水池，那通过小渠将饮水池的山泉水引到下一个池子的水是用来洗衣服的，刚才从白色塑料管流出的水紧连洗衣池。偌大的清泉源头竟然隐藏在茶厂的进口处，此行真是收获不小！

我立马蹲下，用双手掬水，一连喝了好几口。甘洌如是，平生几乎头一次享用到。我站在池边，丈量水池大小，约莫晒茶叶簸箕的十个大。又用一根大概三米长的经过清洗的竹棍测试水池深浅。哇，看似不深的清澈见底的池水，竹棍却探不到池底。

是啊，我们的生活中那些看似云里雾里的东西，由于人们的故作高深而让你觉得高深莫测，其实许多挺浅薄的；然而，纯净、透明的东西看起来简单明了，往往博大精深。许多人希望事半功倍或者不劳而获，致力走捷径，弄虚作假，结果得到了一时的光环，却失去珍贵的内在。而这些投机者，会以另一种方式补偿玩弄聪明带来的损失，老天总是无情又让你百思不得其解地让作恶者、耍滑者如此。

寺庙里的晚餐，一般在下午四点进行，并且基本上是专供像我这样的旅人食用的，出家人每天只吃早餐和午餐。因为我和方华国先生到达老祖寺时，寺里晚餐早已用过。接待我们的出家人将我们带到附近的茶厂用餐。茶厂的晚餐比斋堂里的自然要丰富得多，不过也不见荤菜。采茶的妇女、做工的男人，以及类似我们这样的不速之客，听到做饭妇女的一声令下——吃饭啰！大家忘却了平时的拘谨和风度，纷纷进厨房添饭，又到院子里的餐桌上从几个脸盆里夹菜，然后或站或蹲或坐，在桌子边、院墙旁、院子中间，狼吞虎咽，将香喷喷的饭菜送进肠胃……

进食时，一位来当地打工的黄梅县城女子得知我就是写碧云湖的作者，十分高兴地对我说，大作家，"五一"假期来老祖寺的游人不少，热闹是热闹，可是美丽的风景让他们看了，美丽的碧云湖畔也被他们扔下的垃圾弄脏了，您这次最好写写垃圾。

我对她微微一笑，心想，如果这里依旧交通闭塞，远离喧嚣，也许不会出现"天女散花"般乱丢乱放。现代文明延伸到自然界的每个角落，都不可避免地受到非文明行为的侵扰。在繁华的都市，政府依靠法律和教育规避市民的不良行为，人们在强制与诱导下大多数人能够遵规守纪，维护城市的文明形象。而在旅游胜地，也有明文禁止，多半却是一纸空文，尤其是旅游区为了争取游客，故意放松监管。正如曾经许多地方，对一些"发廊"的监管一样，忽紧忽松，目的是多创造些利润。但是，像碧云湖这样的佛教圣地，则主要是依靠人性的自觉与对宗教的尊重了。我们在对圣地的仰慕与朝拜中，不应该像猴子掰玉米，而应丢下红尘中的无明，收获精神上的清明。正如崇延法师所言，"不垢不净无数人，过往云烟如浮云；生生皆是增减梦，菩提道中正清明。"

第二天早饭后，摄协家朋友想拜谒崇延法师。我们来到客堂门前，门还没有开。在斋堂前面的寺院里，我们倒碰到一个戴一顶草帽、捏一把钳子、提一个塑料袋的和尚，他在捡拾来庙里朝拜的善男信女们扔下的垃圾。我第一眼就能看出，他就是我们想见的人。

几个从河南远道而来的青年看见崇延法师坐在院中条凳上与我们侃侃而谈，连忙凑过来，不时打断他的话，向法师请教各自的疑难。一个研究生毕业的青年告诉法师，他有个朋友遇上新欢，因为彼此都有家庭又不能走到一起，十分痛苦，是否选择离婚？法师说，她不是你，你不是我。研究生虔诚地望着法师，连连点头。在谈到人与自然的和谐相处话题时，同行的摄影家朋友说，他曾在《欲望终将毁灭人类》一文里写道，自从欧洲工业革命之后，我们整个人类所创造的物质财富的确在飞速增长，三百多年时间创造的财富比过去几千年创造的财富的总和还要多，在自然界的面前的确像一位主子一样，掌握着地球上一切生物和无生命物质的命运。我们许多人被这种表面现象所陶醉，以为我们人类就是万能的上帝，却不知道我们人类在为自己创造财富的同时，也为自己埋下了自我毁灭的30个祸根，并且这个祸根已经发展到威胁整个人类生存的程度。

法师说，人类因为放不下、贪嗔痴，总想当老大不得不违背自然生存法则，当每个人认为一切无所谓时，就能与日月一样自然运行。天地人，人处中间，我们要永远走中道……

法师说完，起身拿起钳子、塑料袋，继续去完成他认为很神圣的一件工作。

我们沿着湖边公路西行至挂笠庵，然后往回捡拾被游客随手扔掉的易拉罐、矿泉水瓶子、方便面袋子、纸巾等垃圾。将近个把小时，我捡了满满两桶，心情也如手中的垃圾般沉重起来。在这个地球上所剩无几的清幽之地，如今不远千里的游人来这里在汲取清新、自然空气、水分、阳光的同时，让身心得以放松，却忘却控制自己的弱点，将陋习、龌龊随手丢放在湖边、路上。这不是表面现象的丢弃，而是对传统道德、美德、品德的丢弃，是对自我虚荣、自私、自轻等人性残缺的捡拾。正义、光明、美德、良知、本能被抛弃，恶习、私欲、懒惰被捡拾，我们人类的未来能够光明灿烂吗？

在碧云湖，如果不是崇延法师带头定期捡拾垃圾，再纯净的湖水，再美丽的家园也不能保持纤尘不染，永如莲花圣洁。禅师们今天所做不单是在捡拾垃圾，而且是在保护并传承一种道德、美德、文明，让碧水蓝天常在，让人性光辉普照。

是的，也许有人会说，我们应该出污泥而不染。但是，莲花是因为莲藕在污泥中沉淀、自净，才孕育出洁白无瑕之花。我们芸芸众生唯有丢掉人生中不必要的招惹烦恼的身外之物，捡拾传统的、外来的、当下的一切有益身心的外在营养品，像自然万物一样自由生活，将自身的正能量释放出来，供给生养自身的物、环境以及与之相关联的人，我们才能德配其位，不愧为天地人中的一分子。

临近湖岸，碧云湖的水清清，五彩鲤鱼成群。当我们沿着刚捡拾干净的路，沿湖边水泥路爬上莲苞峰，站在山顶俯瞰碧云湖全景，湖水碧绿如蓊郁的初夏林海。置身不同之处，感受的碧云湖是不同的。沿途的树木、花草已经完成了春天的使命，进入旺盛生长的季节。新旧更替在树木、花草间表现得相当明显。三月我们种植的紫薇、桂树开始吐出新芽，四季青不见了春天的花朵，紫云杜鹃开得正闹。攀登在林中小径，我们吮吸着自然的芬芳，聆听云雀的银铃之声。这里的垃圾较之湖边少多了，许是游客深临茂林悬崖处不多。寻幽探险是要有谢灵运、徐霞客那种精神与毅力的。不过，新近栽种的黄精被人拔起抛掷小径旁，竹林深处的竹笋有被挖掘的痕迹，四月盛开的兰草花也没有进入我等此行的视野。生命在蓬勃生长的五月，亦有让人徒生衰微的喟叹。

崇延法师边走边捡拾被文明旅人丢弃的垃圾，解下植树季植树者系在树上作为标记，也可能是记述己功的红丝带，顺带清洁被游客污染的林荫小径。然而，瓜果之皮，那些易于腐烂、化作春泥的垃圾，他任其遗留在不影响行人安全之地。

在我们的旅途中，人总是无可避免地制造一些垃圾，因为这些垃圾我们得以新陈代谢。我们不能一概捡拾、储藏，应该适时放任不管，任其腐烂消化。许多时候，那些垃圾应如落红一样，化作春泥护花。如此，我们才能避免垃圾污染，才能逃避自我毁灭的厄运。

这不是危言耸听。我的同行朋友曾在他的文章里对垃圾污染做过调查——随着城市化速度的加快和城市居民生活水平的提高，城市垃圾量迅速增加，全球垃圾年产量已超过100亿吨，仅美国年产垃圾就高达30亿吨。其中全球年产危险废弃物3.3亿吨，美国占80%。目前，我国城市人均日产垃圾约1公斤，人均垃圾年产量达440公斤。600座城市目前已堆放或填埋各类垃圾80亿吨，有三分之二的城市被垃圾群包围。

按照现在世界人口估算，每人每年产生300公斤垃圾，60年的垃圾总量如果全部堆放在赤道圈上，可堆成高5-10米、宽

1 公里的巨大垃圾墙。这就等于把整个地壳的岩石圈和水圈外又镶上了一个垃圾圈，它已经开始围困着全球的陆地和海洋，污染着全球的环境……

站在瓦蓝的夜空下
丹桂的余香浮动
碧波荡漾的湖边
灯光如期熄灭
喧哗不知退潮
夜不再是今夜
昼亦不是明天
我静静地走在一片苍茫
月亮不知旋转了多远

地球表面像悬崖
地球之外是深渊
是您用博大无私
将您之子紧紧拥抱
又用生命乳汁
将万物滋养
周而复始的劳作

不见您只言的怨艾
为何亘古不息的硝烟

在熏黑大地的笑颜
为何无休的纵欲
在惊扰自然的平衡
生命之球，慈爱之乡
在冠冕堂皇的各种借口下
竭泽而渔，透支发展
纵使智慧无限科技高端
你我就能随时逃离故乡
仰望宇宙，不敢遐想
宇宙，时空的主宰
多么无法无天
一切的一切唯有
臣服，善待，自保，自爱……
我怕有一天
大地不堪骚扰
一松温柔的双手
摔进万丈深渊
我怕物欲膨胀
每个人像气球一样爆破
地球像流星一样裂变

疯狂的人啊
恁般沉醉于大胆的梦想
将毁灭视作圆寂或奉献

也许，有一只怪异的鸟
啜泣着，然后呼啸一声
飞越千年——
地球凤凰涅槃啊
难道
这新生不是给予不爱的教训

阵痛不是刻下艰辛的泪痕
为何要接受这种重创
为何不停下掠夺的枪声
风雨而来，沧海共鸣
作一次灵魂的洗礼吧
还大地一片澄明

地球，母亲啊
如果您太烦扰、太劳顿
请您歇一歇，打个盹
千万别用地震、海啸、瘟疫
给糟蹋您的忤逆之子警醒
万物之灵啊
请收敛你的欲望
让人类永恒

返回黄州的途中，我就此行的愉快与沉重与圣清法师不停交流。我转发了曾写给《宏观生态经济学》研究者的这首新诗，更多说到的是如何避免垃圾污染的问题。环境中的垃圾可以靠你丢我捡，达到保护环境的目的，然而捡拾起来的垃圾日积月累，堆积如山，如何处理呢？这个问题必须引起世界性的关注与思考，各国政府应该形成共识共同抵制非易耗垃圾品，如一次性餐具的生产与使用。譬如，我已习惯随身携带饮水杯，而且最好是紫砂或搪瓷的耐高温抗严寒的那种，坚持饮用白开水或绿茶，从来不喝什么饮料。这倒不是为了节约，而是当我喝完一瓶饮料，将瓶子一甩，无形中充当了垃圾制造者。我也担心各种增进味欲的添加剂与不合格的金属或塑料杯子让我慢性中毒。那些纯净水、矿泉水在商家广告的效应下热销而且被当作生活便利品的同时，我们便要为垃圾处理问题付出代价。懒惰是人的本性之一，图方便是每个人的愿望，尤其是现在的新生代过度依赖奶茶、矿泉水之类的饮料。生活的便利与幸运，着实给他们提供了轻松、愉悦的生活条件，让他们如温室中的花朵。他们也许会在新媒体大肆使用“佛系”“我是打酱油的”之类的网络语言。谁又真正去了解“打酱油”是怎么回事呢？

我们的很多年轻人并不知道，在那个物资匮乏的年代，人们对任何生活物品都是保持十二分恭敬的，也便没有“废品”之说了。一个玻璃空瓶都是反复使用的，谁还会忍心随便扔弃或损坏呢？“打酱油”就是让会走路的半大孩子拎个洗干净的空瓶子，去代销店或合作社购买散装的酱油。在我小时候，很乐意接受这样的光荣任务。大人们让我们这些小不点去跑个腿，既可以帮他们让他们腾出时间多干活，也可以锻炼我们的生活能力。那时因为国家生产能力所限，物品被最大化有效使用，极少有垃圾废品。我们在放学路上，哪怕是看到一块红砖，也要捡回家留着盖房子用。当下，人们习惯拿钱说事，固态垃圾的产生蔚然成常态。我们一边诅咒别人缺德没素质，一边自己又很“无奈”地制造垃圾……

你丢我捡，固然是好，但在未来的生活中，我们要不断地研究新生物对塑料等垃圾品的消化处理方式。这类新发现已经在某些领域中示范并应用，而且起到相当满意的效果。自然界中的万物总是相生相克、互相制衡，不是不可以战胜对方，正如艾滋病毒不是不可以攻克，而是目前人类没有发现它的克星而已。

孤云独去闲

相传当年宝掌和尚从四川云游至江西庐山，登临绝顶，忽见一道紫光笼罩古义丰郡，亦即今之黄梅境内，便循迹来到黄梅。然后，他翻山越岭驻足紫光萦绕的莲花峰，登高远眺，拊掌而歌——噫，此处山连着山，岭叠着岭，双峰并立，高峻巍峨，不是仙境胜似仙境。于是他搭起草庵住了下来，一住便是一百又十几年。这期间恰值三国鼎立，战事不断。尽管山外战祸纵横，古寺钟声却从未间断。2005 年，净慧长老重修老祖寺，奠基之夜，当地村民看到环绕古寺周围有紫光朗照，灿若白天，且持续数夜，均奔走相告，曰：佛光显圣！亦有传说，开山建寺之初，有佛光降临，乃观音菩萨化作一位妙龄少女含情脉脉于宝掌和尚面前，以试其定心耳。

传说与目睹，远古与现代，或可证或不可信，但碧云湖前的莲花峰云海，只要你见过，便会为之壮观惊叹，为其变幻神奇。一年四季岚霞似海，白天黑夜云雾相伴。山峰沐浴云霭，树木葳蕤；湖隐晴岚雨雾，吞吐日月精英。山高与云为友，水碧净洗苍天。

远古的传说已如夜幕下的碧云湖烟消云散，在皓月当空的午夜也许能遇上薄雾轻盈抑或紫气缥缈的夜色，但这种机缘如果没有亲力亲为，恐怕仅能道听途说、自我想象而已。纵观人类社会史，又有多少流传下来的传说不是仅凭人云亦云或者刀笔吏的胡编乱造，因为团体的利益而加以改造、宣传的呢？因此有正史野史之说，有赤壁古战场之争，有罢黜百家独尊儒术，有教派纷争至今战火不熄……对于一个作者、一位史学家，我们要有正义感与责任感，忠实地记录自然景观、记录社会历史，正如子长秉笔直书、哥白尼据理不屈。

我十分羡慕真正出家者的生活，或者一些醉心于某项事业的孤独者。他们可以心无旁骛、专心致志地为崇高的理想与使命，义无反顾，寂寞前行。而我没有这样的决心与条件，放不下人生中的许多，因此失去与紫云山云海的诸多美好相遇，所见所感仅只吉光片羽或一鳞半爪。我所写云海，也只是盲人摸象，抛砖引玉。

在我对碧云湖的体验中，也逐渐了解到老祖寺的和尚是真正在修行的。他们将佛教与当下紧密融合，形成“生活禅”，在明心见性上颇有建树。通过与他们的交谈、接触，我对佛教有了新的认知。迄今为止，佛教是世界上没有引发战争的唯一宗教，每在战祸不断的灾难深重岁月，难民更多的是选择寺庙避难。佛教徒不单是遁世入空，过着被人供养的生活，更是一往无前地完成传播人间善、传承世间法的使命。

在人生之旅，我们需要放下的是小我，同时不应该错过为大我奉献而进行的智慧、能力、体力上的历练。崇延法师说，净慧长老创立的生活禅，是与马克思主义哲学、中国特色社会主义核心价值观一脉相承的。作为槛外之人，只有拥护中国特色社会主义伟大事业，我们才能为普度众生做出应有的贡献。就如最美丽的云海，你不去欣赏、感悟，你就不知其美丽之处。在太平盛世，是僧众们最幸福的时代，可以为众生做出更多的更好的加持与祝福。

对于美丽的碧云湖而言，虽然我是匆匆过客，但我认为，夏日的云海是它一年四季中最灿烂，也是最丰富的瞬间。阵雨前的滚滚黑云将天地闭合，但一束亮光穿透墨海烛照山边湖空，让旅人不至于恐惧。晴日朗照的半上午抑或半下午，如雪海似的云雾淹没蔚蓝的苍穹，青翠的峰峦愈发翡翠，湖水像铺上一层雪白的毯子。倘若有风，云海变化成万马奔腾、莲花盛开、观音显圣等形状，让你目不暇接，又赏心悦目。朝霞随晨鸟飞进寺院，为红墙黛瓦染上殷红，漫天的清明俨然佛陀的慧眼，带你步入光明世界。傍晚的云海多半如燃烧的海洋，为老祖寺、碧云湖镀上一层渡尽劫波彻悟老人酡颜似的霞光。沧海桑田，付之一笑。如果在雪后初霁，天边出现云海，天地一片纯白，你还真难以分辨出哪是雪光，哪是云光的了。你的心情也瞬间透明，无须纠结人生沉浮、名利有无、人情冷暖……

不过，能看到紫光照耀蓝天的机会倒不多。似乎要有一定修为，才能遇上这种机缘巧合。这样的日子，太阳银盘似的镶在一丝云彩都没有的蓝天，紫色的光由银盘漫溢开来，形成一道道紫色的光环。就如太阳掉进碧云湖，将碧蓝的湖水掀开一层一层的晕。碧云湖又将天空的奇光异彩反射到寺前的琉璃瓦上，天空中的太阳极似挂在了飞檐翘角，紫云环绕，波光浮动。每每观赏到寺顶上太阳的倒影，我总有这样的感受，一些居士有不同看法，他们认为不是湖光返照的。

这种现象倘若在科技不甚发达的旧日，我们更多的是迷信，而为之顶礼膜拜。如今，我们可以通过物理、化学等原理来轻而易举作出解释。然而，不可否认，当年宝掌和尚选寺于此，是顺天应时的。得天独厚，自然钟灵毓秀；道法自然，必然天人合一。自然环境的奇特与魅力，也许不在一山一水，但是假如没有智者的眼光、仁者的胸襟，也是目不识珠的。我们常常听到寺庙附近的人笑谈远道而来的香客的虔诚近愚，亦厌恶达官贵人的高高在上。其实，这是人性使然。我们对熟视无睹的人和物，没有敬畏心，而对难以得到的东西或者心存仰慕却未见的崇拜者，心生敬畏。我有时对人类不解的是，人与人之间希望熟悉，熟悉了却立马忽视，对梦寐以求的东西也是得到后很快轻视。就如老祖寺、碧云湖，生活在其中或附近的人很少去朝拜、欣赏，而不远万里的信众却宾至如归，身心的劳顿由此放松，人生的态度得到许多改变。

我们一方面希望人与人之间毫无芥蒂，亲密无间；一方面因为了解加深而疏淡、轻视。所以，九五之尊临天下而视，皇宫大院几进数重，故意留有距离感。短暂的人生旅程，如此处于纠结之中。人性光明被埋没，快乐在自我与相互的偏激、分别中流逝。其实，人生中最容易得到的也不应忽视，最难得到的也不见得多昂贵。我们有时候也应该像出家者那样看淡人生。

然而，崇延法师不全以为然。他说，对佛弟子来说，佛教给予弟子的恰恰是一个积极的人生观、生命观、世界观，是觉悟的、理性的、积极的、改变错误行为的，最后内心能赢得大解放、大胜利，从业力的锁链里抽离出来。不了了之知了了，了了知之不了了。

我原以为出家当和尚，是自己跟自己过不去。尤其是在和平年代，他们放弃丰富的物质生活，遁入空门，是不会享受人生。可是，对老祖寺那些年轻的修行者来说，持有我这种观点的人，是有代际缺陷的，而且不仅仅是年龄上的。后来，我慢慢知道，倘若没有新人的传承，原本信仰中美好的存在也将不在。

从崇延法师以及这些年轻的修行者身上，我看到了觉者的曙光，对当下佛教在社会转型时期有过的迷茫，对真假和尚鱼龙混杂情形下的迷茫也就有所减轻。像碧云湖这片净土，紫云山这样的宝地，唯有一代又一代高僧献身佛教事业，人类优秀的文明成果才能扎根、生长、葱绿、茂盛。为此，我曾填词一阕歌之，曰《临江仙》——

混沌初开乾坤奠，芸芸平等齐天。人心不古失桃源。佛光耀华宇，又见不周山。

面壁十年终破执，春花秋月无言。孤灯瘦影伴经眠。元元离万苦，般若照林泉。

寺院旁边有四棵高大的鹅掌楸，听说是从遥远的地方移植过来的。如今鹅掌似的叶子长满枝头，茂盛至极，让你流连、感慨——伟大的民族总是聪明睿智，兼容并蓄，如江水一样不拒细流，因而厚重、博大、精深。生活禅同样如此，与时俱进，不断创新，生机勃勃，不断折射出人性光明。

这些年来，老祖寺的僧侣们接受社会各界人士的捐赠，在四周的山上种植了各种名贵的树木花草，改变了原有生态格局。美好的、健康的移植物将经受新的生存考验，遵循物竞天择的自然规律，融合新的环境。它将如生活禅一样给紫云佛国一片崭新的天地。变幻无穷的云海将萦绕其间，滋养、呵护备至……

每当我站在碧云湖边，仰望紫云，耳畔响起三宝经声，不由得化作一朵白云，悠悠碧云湖上空。

回家

我每次去碧云湖前，都会通过信息化社会带给我的便利，向老祖寺住持预约。崇延法师总是热情地回复——欢迎回家！

起初，我还有些不大习惯，这样说听起来仿佛自己也皈依佛门了。其实，法师所言对我们常人来说，都是指站在出世层面，迎接凡夫俗子的本性回归。

我们从出生到终老，为着所谓的幸福生活孜孜以求，用我们宝贵的生命去换取有限的物质财富，以及名誉、地位等与所谓与尊严相关联的附属品。其实，我们随时要接受死亡。在面临无以自知的困境中，我们需要关心自我，不要为世俗的迷茫而耽误了生命的本真生活。财富的拥有与地位的显贵，仅能麻痹我们的肉体，也即是佛家所言的色，但一旦失去或过剩，会让每个个体悬空。如何找回自我，就不是用外力所能够干预得了的。

我们无休止地折腾，在煎熬、兴奋、痛苦与失望中，将生命消耗得几近膏肓之时，我们才发现我们活着的真正意义已被自我抛弃，未来虚无缥缈，踏进去又如掉进万丈深渊。

家在何方？我将去往何处呢？

远离红尘、静心修行的真正高僧，似乎已经找到了人生的归宿，在一生追求自我完善与超越世间俗务中，简单地生活，自然地生长。大地便是他们的安身之所，对美好万物的热爱，对自我精神的坚守，与自然相融，便是他们理想的家。

每次来到碧云湖这块山水人文交融的圣地，尤其在夏季时，林深叶茂，水碧天蓝，纵然是阴雨连绵的日子，我都会感到无比的安全与温馨。这座不到六万平方米的淡水湖周围，只有千米左右高的山峦，却因为地理环境保留了固有的原始风貌，又有千年古刹的护佑，让久处闹市、心里空虚的人们慕名而来。人们希望在经历一次长途跋涉之后，将被现代都市浸染的市侩气剔除，宛如一个酒鬼通过呕吐将乙醇释放。然后，带着疲惫和无聊，吮吸碧云湖山野的清风，耳濡目染湖水的宁静和澄澈，让多年的迷茫得以吹散，找回归家之径。

当然，这类游子是当下游客中不可多见的。他们至少在拷问生命的本真、生活的意义与自己生存的方式。绝大多数游客，或者常态下生活的人，是到死都不知道停下脚步，反思一下自己的。他们将大量的精力、时间花在如何流俗、从众，以及追求生存浅显的愉悦之上，心甘情愿充当他人的工具和拜物教下的虔诚信徒。他们自我遗忘，自我践踏，却以一时的表面功成名就而满足，如癌细胞一样慢慢吞噬自我，木然地寻求毁灭。

网络时代，虚拟化世界在给予人类丰富多彩的信息、文化食粮，又让人类将生命耗费在自己设计制造的无边而孤独的空间，看似便捷自由，却加速了生命本真的消亡，增强了孤独漂泊感。人类更加不知自己是谁，更加蔑视一切。

我和寺里的居士常常聊到如何书写碧云湖的问题。作为一个喜欢写作思考的行者，又是一名职场人员，能够每次在老祖寺待上一两天是非常奢侈的。但是，我的心境在平时工作、生活之地也如同置身碧云湖一样安好。这不得不得益于崇延法师等高僧及一些居士和我的联络，让我随时能够享用或者说剽窃他们对碧云湖的感受与觉慧。真的，心灵与宇宙是相通的，可以通过不同地方的人为信息和体验联通。倘若身在碧云湖，但你人在曹营心在汉，又能如何呢?

从某种意义而言，心灵便是我们每个人最好的家，我们无论立足何处，心在哪哪便是家。如果让心离开自己，我们就会如浮萍，如落花流水。

然而，安抚我们的心的办法，除了有良师益友指点，还有阅读那些经典著作，再有就是到碧云湖一样的自然构筑诗意栖居。

现代社会的生活节奏，如高铁一样风驰电掣。我们莫名其妙地四海为家，从一个起点到达另一个起点，终点便是生命的结束。新鲜感被疲惫感淹没，但飞驰的列车不由分说地又将我们拽上下一站。无限的旅途在短暂的旅行中似乎都曾到达过站点，在打盹稍息的片刻，智者会茫然不知所措。多数旅客盲从于视觉的迷惑，为物欲的满足而阉割肉体，抛却灵魂。一旦突然清醒，便寄托于狭隘的生活逻辑或者所谓玄之又玄的教义聊以自慰。

忘却自我，远离当下，是大众化的一种愚昧。集体无意识的生存也许让丢失的灵魂有所安慰，但这自古以来便是人类最大的悲哀!

人类包括与人类息息相关还是八竿子打不着的他物，在产生、发展、更替、灭亡过程中，宇宙和自然都作了周密部署。道家的顺应自然，早已诠释了大道，马克思主义哲学同样就人与自然的关系作了科学阐释，佛教对真如、妙有等也有深邃独见。如禅曰，“若人欲了知，三世一切佛；应观法界性，一切唯心造。”

万法归宗，我们的心灵世界唯有与宇宙自然同一，才能知天命，识本真。

在春暖花开的三月，聆听花开的声音，我走近盛开的蜡梅，不禁要问，你是因我的迟暮而等待才开的吗？花无言，一旁的禅师竟开怀一笑：施主，问得好。在草木蓊郁的五月，我来到寺院里这棵梅花前，花谢叶绿，不禁又问，难道绿肥红瘦对你而言是颠倒的吗？一旁的禅师又微微一笑道：施主，问得好！

我有些生气，心想，禅师们就会说这句话吗？

但是，我慢慢明白，活出自我，寻找本真生活，其实很简单。那就是简单点生活，像花落花开，去留随意。我们对生活对人生无需过度刻意，随缘随喜。如此，我们不会因为拥有而过度得意，因为失去而过度留恋，因为友爱而过度幸福，因为遗忘而过度嗔怪……一切如莲花峰上的溪泉，碧云湖里的碧水，亦如山寺的明月清风。我们掌控好自己，观照好自己，别让它从眼皮底下从我们的茫然追逐中走失，一旦走失将无处寻回。

崇延法师曾赠我诗曰：“云门胡饼赵州茶，信手拈来奉作家；细嚼清风没有味，饱餐明月更无渣。”有这样的心境与修行，怎能活不出人生的自在呢？

由是观之，人生是自然界赋予生命体的体验与责任过程。对真正的使命者而言，这个过程不仅仅是自我本真生活的实现，而且这种获得如光明一样点亮森林，让更多的失去自我者，寻到自我之存在。我们每个人认为属神灵的东西，其实就是心识对宇宙的照见。倘若没有对神灵万物的敬畏，每个人乃至人类将走向不归路，在天命与宿命的理解上，便不会迷信而智信，就不会脱离存在而茫然于信仰。

面对命运的无常与自我之被抛，我们别无选择。

带自己回家！

莲

还未到荷月，遗爱湖荷池的荷花已经开得挺热闹的了。这与她所处的闹市似乎相称，正如一个原本淑静的处子在大庭广众之下摇曳舞姿，难以保持原有的静美那样。晚饭后，我有空就去遗爱湖散步，每每来到荷花盛开的池边，总是随心驻足良久。无须品读或描写有关荷花的诗句了，朦胧的月色下抑或溢彩流光下的荷池，已将我的浮躁、枯死的心境和劳顿、疲倦的身躯清洗、慰劳，由此恢复到旺盛季节的快乐、安然状态。湖边休闲的人群是嘈杂了些，街道上来往的车声也有些喧嚣，但隐身于繁闹之中的荷池，依然能够显示其固有的宁静与自净。这种情形，一如一去不复返的纯真少女时代，是十分难得的！

实际上，观赏荷花不应该在日落之后，尤其是夜晚。从植物的光合作用看，夜间释放的氧气比吸收的氧气要少得多。这不利于人的身心健康。所以，对世间任何一种东西的崇拜与热爱，都要掌握最佳时机，因势利导。至少，我是这样想的。这看似相当的自私，可是不恰当的生存方式与交换方式对彼此并无益处，从而比因自爱而自私更加得不偿失。但是，在一个貌似繁华的所在，污浊的空气中蒸发着的欲望，能够得到荷池这样的洗涤，也是难得的。只是许多醉心于功名利禄的人或者沉迷于灯红酒绿的人连这一点机会都错过了。一旦遇到所谓生活、职场、情感上的危机就失魂落魄或者怨天尤人。毋庸置疑，无我的存在者总是难逃此厄运。

尤其是，随着地球村的出现，宇宙空间的缩小，原始森林与蓬莱仙岛越来越成为人类与动物的黄粱美梦。我们一如这都市里的荷花，不由选择地遭受世俗的侵袭。如何保持自性，适应新的生存时空，不是由自己所能左右的，但最终还是自己说了算。

我所寄居的心灵之地碧云湖，没有盛开的荷花。在这个万木争荣的六月，我于碧绿的微风凌波中，感觉些微的失落。如果，如果，在湖上能够有几处田田的荷叶与红白相间的莲花多好啊！为何造物主不满足我的心愿？为何老祖寺的僧者不种植莲花？

这个疑问，曾有久居此地的人予以解释。他说，老祖寺所在的紫云山又名紫云峰，由七座灵巧的山峰并列而成，远远望去，状若莲花瓣相聚在山峰。正因为山峰如莲，莲与佛有着不解之缘。随着佛教的传播与净土莲宗的建立与发展，佛教把莲花的自然属性与佛教的教义、规则、戒律相类比美化，逐渐形成了对莲花的完美崇拜，把荷花的美德归纳成“四德”与“十优”。所以，老祖寺开山祖师将道场建立于此。有形与无形，没有分别。我们又何必在乎碧云湖有没有真的莲花呢？

我不怎么满意他的解释。你只要上网一查，有关莲的知识记述详尽。莲的有无与海德格尔所言的存在、存在者是不同的，因为我偏执于对莲的独钟。

莲，又称荷、芙蕖、鞭蓉、水芙蓉、水芝、水芸、水旦、水华等，双子叶植物，睡莲科，多年生挺水草本植物。未开的花蕾称菡萏，已开的花朵称鞭蕖。它喜相对稳定的静水，忌涨落悬殊和风浪较大的流水，水深一般不宜超过 1.5 米。生长季茎叶最适温度为 25 ~ 30℃。要求日照充足，不宜长期在室内栽培。土质以富含有机质的黏壤土为宜。我测试了下碧云湖的水深，在进水处和岸边一般在 1.5 米左右，水温冬暖夏凉，一般在 20 ~ 30℃，很适合莲的生长。假若我们采取人工栽植莲花，不到三年就会欣赏到绿肥红瘦的荷景了。季羡林先生曾在他的《清塘荷韵》里说，他等待了四年之久，才见到荷花从无到有、从弱小到繁茂的盛况。

小时候，我老家房子对面的湾里，有户人家的门前池塘不足二十平方米，种植了一小块莲藕。我家因为与他家有些转折亲，祖母又特爱吃莲藕炖猪蹄，每到秋季采摘的时候，他家总是送一两根给我家。我听说藕节放进池塘可以繁殖，便将母亲处理后不要的藕节丢进门口的池塘，希望在自家的池塘里也能看到碧绿的荷叶与粉红的荷花，采到肥嫩的莲藕。然而，一年又一年的行动，仅是枉费心机。长大后才知道，我家门前的池塘与那户人家池塘的深度大有区别，莲藕不适宜在水深的地方生长。

在碧云湖，却有莲生长的条件。假若山峰如莲，湖中有荷、寺院有芙蕖，那将是怎样一种清香四溢、映日之红呢？

而且，据记载，莲子寿命特别长。1923 年，日本学者大贺一郎在中国辽宁新金县普兰店一带进行地质调查时，在当地泥炭层中采到古莲子，并使它发了芽。经中国科学工作者的研究，古莲子的发芽率在 90% 以上，而一般植物的种子在常温条件下的有效寿命为2~3年。这不得不归功于莲子自身的特殊结构。莲子外表的一层果皮特别坚韧，果皮的表皮细胞下面还有一层坚固而致密的栅栏状组织，气孔下面有一条气孔道，莲子未成熟时空气可以自由出入。果实完全成熟后，此孔道即缩小，空气和水分的出入便慢慢受阻，甚至微生物也别想进入，果皮内便形成了一个“密封舱”。种子失去生命的原因是由于种子里胚的原生质发生了凝固，如果种子的含水量保持不变，则种子的生命就能延长。

去年我在一家盛产莲子的农民合作社考察时，合作社的主人告诉我，他们将成熟的莲子采摘回来后，不是马上去壳，而是放在仓库保存，等有买主需要时才按需求量加工去皮。这样便于莲子的保鲜、保管，防虫防鼠防腐。尽管他说不出个所以然，但已经掌握了莲子“密封舱”的功用。

当然，保持种子生命力的另一个重要的环境因素便是温度。地面一米以下泥土中温度比地面空气中的温度低，且较稳定。研究人员实地考察，普兰店一带气温较低，雨量又不多，氧含量在泥炭层里又很高。这便是千年古莲子仍能萌发新株的秘密。

莲坚果椭圆形和卵圆形，长1.5~2.0厘米，灰褐色。坚果里面的种子卵圆形，长1.2~1.7厘米，种皮红棕色。莲果实另一个显著的特征是它的耐高温性。据试验，它在90℃水中放置2时，萌发率为50%；在80℃水中放置4天，萌发率为60%。

莲以分株繁殖较常见，也可播种繁殖。在碧云湖，水清泥浅，应该说以播种繁殖较好。我想，到了明年的三月，尝试去碧云湖种植几株，希望自己言行如一，不过，事与愿违的时候总是有的，而且身不由己。那就希望更多的热爱碧云湖的游客、居士，完成我的心望，这样总不会让碧云湖的荷花永远流于空无。生活中，也应该有许许多多的实相让我们感到无的存在。我们从无到有，从有到无方能感受到生命的本真与极乐。

如果像当地的村民所说，紫云山最美的时候是白雪皑皑的冬季。那时候，瑞雪天晴，红日破空，阳光普照，云海下银装素裹，分外妖娆。如果按照我的想法，在湖里种植一些莲，到“青荷盖绿水，芙蓉披红鲜”的夏日，碧云湖不更加靓丽婀娜？

我坐在碧云湖边，打开手机，进一步搜寻莲花的资料。我要确证我的想法的科学性与可行性。那便需要在普通人关注的基础上对莲多些深入细致的了解。这是个非常便捷的时代，而且随着5G、6G……时代的到来。当然，我们必须加深理解网上信息，加以选择、消化，然后利用。我们不能让人类的智慧受制于人工智能，最终沦为无生命体的奴隶，而应该永远不断探索宇宙的秘密，让人类创造的一切为我所用。尤其是，绝不能落入野心家与阴谋家之手，否则世界末日的预言不是危言耸听。这是许多人，当然不排除我，面对急遽发展的科技在欣喜之余的不无担忧。

谈到荷，自然就要提到藕。其茎生于淤泥中，变态为根状茎，即是藕，也称莲藕。藕横长在泥中，靠基茎节上的须状根吸取养分。当我们折断藕时，无数条长长的白色藕丝在断藕之间牵连着。为什么会有这种藕断丝连的现象呢？这就要观察一下藕的结构了。植物要生长，运输水和养料的组织，叫导管和管细胞。这些组织在植物体内四通八达，在叶、茎、花、果等器官中宛如血管在动物体内一样畅通无阻。

植物的导管内壁在一定的部位会特别增厚，呈各种纹理，有的呈环状，有的呈梯形，有的呈网形；而藕的导管壁增厚部却连续呈螺旋状的。在折断藕时，导管内壁增厚的螺旋部脱离，成为螺旋状的细丝，直径仅为 3 ~ 5 微米。这些细丝很像被拉长后的弹簧，在弹性限度内不会被拉断，一般可拉长至 10 厘米左右。

藕丝不仅存在于藕内，在荷梗、莲蓬中都有，而且更纤细。如果你采来一根荷梗，尽可能把它折成一段一段的，提起来就像一长串连接着的小绿“灯笼”。连接这些小绿“灯笼”的，便是这种细丝。这种细丝看上去是一根，如放在显微镜下观察，会发现其实是由 3 ~ 8 根更细的丝组成，宛如一条棉纱是由无数棉纤维组成一样。细密缠绵的藕丝，在孟郊的《去妇》诗中，比拟得相当形象——“妾心藕中丝，虽断犹连牵”。

“碧荷生幽泉。”倘若没有碧绿的荷叶，素雅的荷花也便失去依凭。碧云湖没有莲，也就辜负了一湖泉水似的清纯。荷叶与其他植物的叶子又是有那样的如荷花似的纤尘不染、滴水不受。

莲百科显示：荷叶基生，挺出水面，盾形，直径 30 ~ 90 厘米，波状边缘，上面深绿色，下面浅绿色。叶柄有小刺，长 1 ~ 2 毫米。荷叶的表面附着无数个微米级的蜡质乳突结构。用电子显微镜观察这些乳突时，可以看到在每个微米级乳突的表面又附着许许多多与其结构相似的纳米级颗粒，科学家将其称为荷叶的“微米—纳米”双重结构。正是具有这些微小的双重结构，让荷叶表面与水珠儿或尘埃的接触面积非常有限，水不但不会留在荷叶表面，而且产生了水珠在叶面上滚动并能带走灰尘的现象。

大自然的造化真是鬼斧神工，每种生命的诞生都是自然界的巧妙安排。万物在有平等共性的同时，又有与众不同的个性，共性与个性的统一便构成自然界的无限丰富与永恒。我们人类除了担负更多的责任，为维护自然界的稳定、发展而付出更多的努力之外，跟其他生物比起来，其实没有什么特殊点。在短暂的人类生命旅程中，辛苦往往大于享受。而我们又有多少人放下那些可笑的欲望，去倾听内心的呻吟与呐喊呢？是的，一位哲学家朋友对我说，每个时代仰望星空的人、倾听自己心声的人寥寥无几！

在翻读佛经书籍时，人们又常常会见到佛经把佛国称为“莲界”，把寺庙称为“莲舍”，把和尚的袈裟称为“莲服”，把和尚结手印称为“莲华合掌”。莲花成了佛国的象征与圣花。碧云湖没有莲花，但老祖寺里移植有不同品种的睡莲。这些睡莲多半栽植于大缸里。大缸小缸的黄、紫、白、粉红等颜色的莲花从六月开始陆续竞相绽放，尤其以八月初为盛。我曾问居士，这一缸缸睡莲何时长出绿叶、何时开花、何时谢去？答曰：栽在心地，出淤泥中，当开便开，有缘得观。我报之一笑，心中不禁羡慕起居士的随遇而安，潜心隐居。

7月14日清晨，我在碧云湖边散步，朝阳映在碧绿的湖面上，泛起细碎的灵光，仿佛一颗颗荷露在一大片被折叠成长方形的荷叶上闪现的银辉。鱼儿在荷叶下嬉戏，水鸟与晨风齐飞于荷塘似的蓝空。

我来到紫衣观音佛像前面，看见一簇睡莲被养植在一口直径一米多的陶瓷缸内，跟寺院里的其他睡莲养法相同。碧绿的团团荷叶浮出水面，几将缸面覆盖。有的荷叶上有晶莹的水珠儿，有的一滴水不沾。在密密的荷叶间长有两朵荷花。一朵淡黄的花瓣将开未开，一朵殷红的菡萏隐藏叶间。有几只花白或纯白的鸽子在花的周围悠闲行走，见到我停留，鸽子们也停立那里，好奇地看着我这个虔诚之客。我一挥手，它们才挪动下脚步。罢了，我不跟你们玩了，我还要去观赏寺院里的七月睡莲。

我再往紫衣观音佛像正对面的寺院大门寻去，形态各异、慈眉善目的小和尚石雕旁边的碓臼里均养植了睡莲。尽管不见荷花，缸里的睡莲也将碓臼之口覆盖满满。不过，偶尔亦见一两枝新荷出水，卓立荷叶之上。

睡莲中，我尤爱千瓣莲，在寺院大雄宝殿门前有两口大缸养的便是千瓣莲。开花的时候，我没去碧云湖，仅从崇延法师发给我的照片中见过。为此，我曾题诗赠崇延法师——“玉泉甘露紫云栽，道是灵山异域来；瓣瓣连心无住念，粉红落尽悟空开。”我几次想讨要一株带回家，买口缸养植。但每次匆匆而去，竟都让其他的事情耽误了。一走到回家的半路却又记起来，好不生悔。其实，这不完全是真实的缘由，只是我对自己和家人的托词而已。好端端的花开在清净之地，我又何必把它带回喧嚣的都市糟蹋了呢？另外，有了遗憾，就会多些惦记与警醒，会更加珍惜每次的遇见与欣赏。所以，我对莲花的理解是，不只在乎出污泥而不染，而是它面对命运的捉弄，坦然面对，开出圣洁的芬芳的品质。我们每个人要像莲花那样随遇而安，活出自在，释放清香与圣洁。

7 月 14 日正午，我再次来到紫衣观音佛像前，大缸里的两朵莲花开了。淡黄的那朵彻底放开，从它的形态来分析，它昨天已经盛开。可能早晨的阳光柔和让它安睡闭合，正午的阳光强烈，又让它心花怒放。殷红的含苞待放那朵，开得还是有些羞涩，但愈发不胜娇羞。我鼻炎严重，对花香不很敏感，在正午醉人的湖风里，我凑近它们那刻，还是闻到了淡雅的芬芳。

在老祖寺，睡莲代表了一种信仰和文化。你深入其中，会如你亲近的碧云湖一样，随时能够感受到它的内涵与诗意。

夏

诸如《瓦尔登湖》这样的经典之作，虽然时光一时带走不了它的光芒，但随着时代的进步，时过境迁，我们仰慕它的伟大，又要不断适应当下，作出新的创造。

当下的文明人，是难有隐居山林的自由了，至少如我若是。我常常在想，如何能回归自然，又适应时代呢？但马上又意识到自己的可笑。一个生活在平常的生活环境中又必须有超常生活的人，是平常人与出世者不可想象的。将来的文明人不可避免地要面临两难的选择与不得已的生存。时代的发展总是同步于自然的，总体而论，就如进入一年中最热的七月，我们为酷暑烦恼不堪，又为万物欣欣向荣而充满惬意。

在远古，甚至当下一些还比较偏僻的农村，那些依靠体力从事农业耕作的老农，他们的烦恼却比过惯了舒适日子的都市人要少得多，或者说，他们早已习以为常，而且因为他们的迎酷暑战盛夏的意志与行为，让他们与自然高度统一，身体由此更加健壮，寿命相对要长，因为他的生命多是在康健的状况下结束的，并在无须经受化疗、放疗等扼杀癌细胞和人体正常细胞的状况下进行的，无须在药物供养下让病体苟延残喘。

是的，科技的植入，改变了老一代农民的劳作方式。在享受相对轻松的体力劳动之余，他们不忘承袭固有的生活方式，生命之树仍旧可以延缓枯萎。我所论及的主题，看似有违科学的生命规律，但目的是为更好地说明自然生存的重要。

为什么地球上有高山、海洋，有地震、海啸，有动物、植物？这跟四季的轮回又有什么区别的呢？如果没有这些，我们将如月球上的生命一样。也许你说，月球上根本没有生命。你的无生命观只能代表你对宇宙存在者的狭义理解。在存在的意义上，原本皆无，非显现而存在即存在，人之心识让无得以有之。

实际的生活中，我们为了规避一切对身心不利的存在者，而选取大众化的生活，无意中远离了自然本身，在享受相对舒适的生活时，生命的赋予者将我们抛向荒芜之岛，漂泊无依之感悄悄栖身，生命过早凋零又不觉。

远处深山老林的老农喜欢依山避暑，我觉得比当下的许多城里人选择待在空调房里，让氟利昂给他们制造清凉的空气，要明智得多。他们不但忘却了臭氧层被无端破坏，而且不知自己的生存能力也被无端剥夺。尤其是那些新生代中的很多人，喜欢将空调温度调到20℃以下甚至更低。空调病由此袭身，疾病蛰伏或者立刻显现出来。

据有关机构研究，夏天合理使用空调，温度设定在26℃为宜。这样不仅减少二氧化硫和二氧化碳的排放量，还可节电（空调的设定温度每降低1℃，耗电量就会相应增加10%）。从医学角度来讲，26℃也是人体感知的最佳舒适度。如果把空调温度定得太低，容易使免疫系统受损，并引发其他疾病。一般地，室内外的温差最好不要高于5℃。若温差过大，从火热的室外进入阴凉的室内，人体就会出现头晕、易倦等反应，人体免疫功能也会下降。

消夏的最好方式是尽量少用空调。等室外气温达到35℃及以上时，每天中午开0.5～1个小时，晚上开2～3个小时即可。不过，处于火炉城市的武汉、南京、南昌、重庆等地有时另当别论。开空调于我而言主要用于睡眠。工作和非睡眠时，尽量让身上出出汗，有利湿气、毒素的排出，促进人体血液循环与消化，预防高血压与骨质疏松症等。尤其是对女子来说还可以养颜、减肥。

炎热夏季的出汗是被动出汗，据相关人士研究，每天被动出汗十分钟，相当于在汗蒸房汗蒸一个小时。当然，这没有科学的定论，应当因人而异。不过，如果被动出汗后所处环境温度变化不大，需要继续出汗的，我们不适宜擦汗，任其继续进行。如果出汗后马上进入室内空调，那要尽快擦干身上的汗液，尽量避免皮肤受到冷空气的刺激。否则，毛孔会紧闭，毛细血管收缩，体内积热散发不出来，反而比不出汗的好。

我比较向往原始森林的独处，尤其在暑热难熬的时候。大自然肯定是最好的去处。可是在我们人类的家园，类似碧云湖这样的地方越来越少了，而且，繁杂的事务让多数人无闲消受天赐的消暑之地。人类说是万物之灵长，可是有时连候鸟都不如。

我在7月11日，也就是小暑的第五天，请圣清法师帮测量了碧云湖的气温。他上午10:18测量的温度是20℃，而在我工作的黄州，此时31℃。我请他再多测量几天，他说之前也曾测过，碧云湖夏季最高温度不超过30℃，一般在28℃上下。天然的氧吧与空调，是多么好的休养之地！

原始森林对我们来说几乎是神话，尽管我可以去碧云湖或者家乡的深山老林度夏，但因手头的事务如梅雨一样羁縻难去，为此进入夏天我便纠结不已。我决定过了7月13日，重回碧云湖小住两日，感受山风湖水的清爽。我相信，那会像我小时候度夏一样爽！儿时在老家度夏，中午一丝不挂睡在凉爽的地上，凉爽直透心底；傍晚睡在由奶奶或母亲守候的竹床上，听爷爷、父亲讲着故事，沐浴着温凉的山野夜风进入梦乡。

在碧云湖会是怎样的情形呢？过几天我就会身临其境，亲身体验。

大自然安排四季，不无道理。万物休养生息无不与四季息息相关。我们对大自然的安排，唯有适应与感恩，埋怨与奢望只能辜负自然。

最近在网上看到新闻说几乎一年四季如春的云南，人均寿命在全国排行倒数第二。很多网友将其归结为医疗等社会保障缺失所致。我在想，如果撇开水质、遗传等因素的影响，是不是美好的气候条件所致呢？世间万物需要遵从自然法则而生存。自然法则最大的特点是众生平等，总体平衡。人只有经历春夏秋冬，不断适应季节轮回，增强自我防御与适应能力，才能获取生命的厚度与长度。倘若长期处于优越舒适环境，久之就会失去战胜恶劣环境的能力，人体功能退化，疾病便随之而来，哪有长寿之理？

去年春天，好像正是兰草上市的时节，爱人从娘家带回一盆春兰，放在家里装有防盗网的阳台上。过了许多天，我看它没有什么大的变化，还担心它枯萎。可是到了气温回升的平稳期，没过几天，就有新枝从它苍老的叶间冒出来。不过，在乍暖还寒的日子，阴雨连绵，又没见它有什么动静，我便将它搬进客厅，放在茶几上供养。因为窗户关上的时候多于打开的时候，春暖花开的时节也许真的到来，它才能茂盛生长。某个周末的上午，我躺在联邦椅上看《带自己回家》，一股淡淡的香味扑鼻而来。在舒怀中，我发现了它鹅黄色亭亭玉立、孑然的花瓣。我期待它的同伴，可是一个春天过去也没再发现。这种情形在碧云湖是绝无仅有的。自然的花朵在自然生长中的发展，总是让你始料不及。温室中的幼苗，哪怕你十二分努力去呵护、期盼，多数情况下事与愿违。天地万物，自有各自的活法。我们过于关注抑或依赖，只是自我的想法而已。其实，很大程度上，你好心不被领情，或者说，用一颗执着的却不了解对方的心去做对方厌烦的事，悲剧自然难免。

今年的三月，我从碧云湖回家，一路上懊悔没有像一些游客那样，带回一棵兰草，尽管我倡导不随便侵占名胜古迹的一草一木。

那天回家，路过所居小区门口的理发店，我请理发师剪掉我杂乱无章的头发，突然见到店里的那一棵棵生机盎然的吊兰，便向主人索要一棵小分枝。回到家，我将它植在去年夏天种植一棵番茄收获不丰的废弃花盆里。受碧云湖兰草的启发，我不很用心，让它自然生长。苗子太小，气温不稳，半个多月过去，它似乎没有生长。小家伙躺在花盆里，还一副十分委屈的样子。雨后，小小的叶瓣上闪着泪，我想将它送回去，让它和它的母亲、兄弟姐妹们在一起。由于懒得行动，我又一次做了语言的巨人行动的矮子，仅仅说说而已。不意，又过了一个月，它竟顽强地抬起头来，焕发它旺盛的生命力，长高了一大截。接着，它少女初长成般，出落得如同理发店里的吊兰一样。碧绿的叶子，沿着花盆四周伸展。

阳光越来越火热，夏季悄悄来临，我只好将它搬进客厅，用木凳做盆架，让其悬空。离开阳台，静处客厅，它每天旺长，新崛起的嫩枝娇滴滴的，煞是爱人，而且原来向四周伸展的枝条开出了朵朵小白花，幽香四漫。当然，为适应它的习性，在梅雨季节，有阳光的日子，我们也总是将它拿到阳台晒太阳，晒过一阵，赶紧拿到客厅。在非自然的环境里，我们给它按自然的活法制造生存空间，它报以生机无限。

6 月 18 日上午，崇延法师发给我一则信息：今天是头伏第一天，从今天起到 7 月 13 日，是冬病夏治的最好时机，不吃寒凉食物、拒绝一切冰镇饮品；每晚热水泡脚，经络按摩、尽量按时睡觉，不熬夜！珍惜这短短 30 天！请坚持在伏天喝热水，会把体内多少年深入骨髓的寒气逼出来，还自己一个好身体！

我记起，六月中下旬，江南进入梅雨季节。梅雨季节一般持续到七月上中旬，才正式进入炎热的夏季。梅雨季节天气潮湿，湿气较重，会影响人的食欲和身心健康，做好保健，是每个处于梅雨地区人的头等大事。经过长期的探索与实践，这里的人们已总结出一套“梅雨”养生保健方法，大致如下：第一，尽量少在潮湿的地方，避免外湿伤身。如果条件允许，可使用抽湿机或在墙角放置干燥剂，保持室内湿度适中，阴雨天气注意关闭门窗，天晴后及时打开门窗，保持空气流通，以祛除湿气；外出时携带雨具以防淋雨，出游时不要坐在阴冷潮湿的地方。第二，注意劳逸结合。过度疲劳容易导致湿邪乘虚而入，同时还要注意加强体育锻炼。第三，合理饮食。多吃一些健脾化湿的食物，如扁豆、薏仁、冬瓜等，切记不宜过食生冷、油腻的食物，以免助湿伤脾。必要时可服用健脾化湿药物，如藿香正气水、保和丸等。第四，脾虚者要尽量少吃西瓜、香瓜、梨、黄瓜等瓜果。第五，家长要注意调整儿童饮食，控制其瓜果和冷饮的摄入。过食冷饮或瓜果会造成少儿脾胃阳气受损和功能失调，从而引起大便不成形、厌食、困乏等脾湿症状。

近一年来，我客居老祖寺期间，每次吃斋饭，没有吃到酱油、味精等调味品，但总能吃上花椒。有位居士告诉我，老祖寺建在海拔千米以上的高山，碧云湖畔，朝雾暮雨，湿气大，花椒可以祛湿。

梅雨季节让人感到身体不适，如多汗、痰湿、疲乏、口腔溃疡、溽热烦闷、食欲不振等。我们同样可以选择吃一些清热除湿的食物，如高粱、玉米、薏米、扁豆、水芹、洋葱、冬瓜、鲫鱼等，祛湿健体，愉悦身心。有位中医朋友根据我身体的状况，给推荐了一种薏仁粥：薏仁 50 克，绿豆 50 克，荷叶 20 克，共煮粥。我试用了下，挺不错的。

看来，食物养生比起药物保健实惠又安全。保持良好的生活方式，更是养生的管用且长远的灵丹妙药。我们无论处于什么季节，经受大自然何种考验，只要顺其自然，科学而轻松适应，基本对自身有百利而无一害。人类的伟大，不仅仅能够使适者生存，更重要的是善于筹划自己的行动，与自然同步。

老祖寺住持给我，也包括众生，如此忠告，是菩萨心肠，更是智慧的传递。但我们许多人却充耳不闻，继续热衷冰饮。

诚然，适量的冰饮对解渴消暑有益，但我们在关键时间段要远离它，并且要适可而止。过量饮食冰饮，则有可能导致肠胃疾病，引发“冰棒脸”。如果在剧烈运动之后大量饮用冰饮，虽然会带来短暂的舒适感，会感觉人体迅速降温，但它会把信息传递给大脑，让大脑误以为人体热量已经散发出去，它就会下令停止人体的出汗等排热工作，这样一来，汗毛孔宣泄不畅，机体散热困难，余热聚集在体内，更容易诱发中暑和心脏的一些疾病。女人长期大量食用冰饮，易患妇科病或长胖……当然，过了潮湿低迷的梅雨季节，可能要适当放宽对冰饮的限制。我手头上还没有这方面的资料，自己也没有实践过，只能妄加揣测。

我常思考，千年宝掌和尚真能在世 1072 年？姑且不去讨论其真实性与可行性。我想说的是真正的高僧在洞察宇宙、人生之后，依照自然法则性命双修，是可以延年益寿的。而且，碧云湖的风水宜居宜养，还有许多动植物给当地人帮助不少，应该说这里还是得天独厚，受惠自然的。

7 月 13 日傍晚，我从黄州到达碧云湖。崇延法师带我去看新建的莲峰桥。

日暮的碧云湖比我上次相见，更加碧绿青翠。我们行走在茶园，前天下过雨的茶园打湿了我们的裤脚。走出茶园，来到湖边公路，崇延法师特地看了看裤脚、鞋，告诉我，如果在平时路过茶园，会有山蚂蟥沾在鞋边或裤脚上。

一听到山蚂蟥这个词，我毛骨悚然。小时候在家乡的水田里插秧、割谷，腿上会有蚂蟥爬上来吸食鲜血。你想拔掉它都不容易，弄死它更难。因此，流传一首儿歌：（蚂蟥）不怕干，不怕淹，就怕放牛的丫儿翻（用树枝从蚂蟥尾部穿进肚子，一直穿过头部，然后从尾部往头部翻过来）。想想，这是人类给蚂蟥实行的最残酷刑罚吧。倘若是现在，即使有蚂蟥爬在腿上吮吸我的鲜血，我不会予以重典，最多就是拔下来扔掉。除了因为我对世间万物生命越来越敬畏，还有一点就是崇延法师和当地山民告诉我，山蚂蟥可以医治风湿性疾病。一些患有严重风湿病的山民亲自用山蚂蟥治病，并且可以根治。

我亲近碧云湖快一年了，自以为比较了解这里了。若不是这次崇延法师带我去看刚刚竣工的莲峰桥，我还真不知道在碧云湖的宝塔山、海螺峰后面还有一个小湖。站在新建的莲峰桥上，我寻思，眼前的被山峰挡着的、不足原来我所见到的碧云湖十分之一的小湖，或者说碧云湖副湖、裙带湖，隐藏如此之深，竟是如此澄澈、翠绿、云雾缭绕！存在真是不因你我的识见而有与不有。我们要了解宇宙、自然，就必须尽可能增长见识，提高心智与技能，通过先进的工具去开辟“林中小路”，构筑“林中空地”。

在返回老祖寺的湖边公路上，我不停地观察宝塔山、笔架山、海螺峰、莲苞峰。在宝塔山与海螺峰之间有一条狭窄的水带，我想，它是连接母湖与子湖的脐带。过去来碧云湖，我只沿湖边公路行走，在不能环湖的山边就停止探寻脚步，以致失去了对裙带湖的探访。由此想起曾在高中课文里的一段话：“夫夷以近，则游者众；险以远，则至者少。而世之奇伟、瑰怪，非常之观，常在于险远，而人之所罕至焉，故非有志者不能至也。有志矣，不随以止也，然力不足者，亦不能至也。有志与力，而又不随以怠，至于幽暗昏惑而无物以相之，亦不能至也。”

晚上，我被安排在寮房的一楼一个标准间住下。院里负责住宿的居士帮我打开电加热床垫，并告诉我睡觉时关掉电源。我乍听起来，十分奇怪：夏天还用电加热床垫？被子还是冬天一样，垫絮、盖絮都有。但入寺随规，也就没有违意。当我盖上被子入睡，马上感到垫絮、盖絮就像刚从热水里洗过似的，潮湿极了！

假若我就这样睡觉，肯定要患上风湿的。这山中的梅雨季节也太潮湿了吧！也许，每天的床单、被单是换洗过，可是棉絮没有拿出去晒，或许是由于阴雨绵绵，想拿出去晒也是不可能的。

我知道了，碧云湖的梅雨季节也是并非我想象的那样一点坏处都没有，它同样让人无法远离潮湿。我没有按照居士的建议，关掉加热垫电源，只是将温度从 40℃调到 20℃。如果关掉电源，我的体温高于室内温度时，我将吸收被絮里的湿气，所以我宁可让 20℃的电热烘烤全身，以减少湿气的侵入。这种考虑和做法，看来比较可行，第二天早晨起床，我没有感觉身体不适。

窗外竹林的小鸟在凌晨就叫个不停，我打开手机，搜索山蚂蟥的信息。它包括动植物两种。动物山蚂蟥，学名山蛭，和水蛭类似。广大山区生存繁衍着多个山蛭品种，数量惊人，山蛭嗜食人畜之血，危及人畜生命，严重影响农业生产和畜牧业的发展。山蛭平时栖息时如黄豆大小，藏在植物枝叶背面、石块等地方，当人畜经过时山蛭身体就变得细长，随时进行攻击。人畜被山蛭叮咬后创口会感染、奇痒、疼痛甚至溃烂并引发败血症。雨季是山蛭活动猖獗和繁殖高峰期。如此可怕的动物，还能医治风湿病？

早饭后，明启和耀宝居士陪我去爬山。

我提议去寺院后面的莲峰山，我来碧云湖多次，一次也未曾上去过。

他们说，没有现成的登山之路，建议上老祖寺对面的莲苞峰。

我说，选择别人没走过的路才有意义。我们每个人被抛入人世间，都是迷茫的，多数人按照老路走下去，只是完成生命的旅程，只有极少的人重新走出一条新路，才活出生命的光彩。其实，每个人的路不尽相同，因为茫然，选择了同一出口，因此失去了本真的自我。

我们沿着茶地边缘，进入茂密的竹林。竹林生长着直插云霄的楠竹，竞赛似的清一色向上生长。地上的竹叶大约 3~5 厘米厚，有的地方更厚，达到 10 厘米。在一些青竹旁边常见到枯萎或倒塌的死竹子。这是自然竞争的优胜劣汰，也可能是去年一场瑞雪对弱者的摧残。还有一些当年的新竹在未完全成年的时候被野猪等动物咬断的痕迹。在悬崖、清泉边，我目睹竹类生者与亡者同在。

我们接着往上攀登，那里是被云松、水杉、毛栗等树木占据的王国，竹子退居边缘，或者少量生长在悬崖峭壁。树木的生长情形如竹林相同。偶见枯死的大树，地上的落叶也厚。石头上的苔藓如绿毯一样，踩在上面舒适无比。蚊虫较多，但不会过多烦扰陌生之客。阳光斑驳于树叶间，这是向阳的地方与背阴的地方的区别。在背阴处就是暗无天日，在山林可以如此形容。我在陡峭的山林跋涉，没有被跌倒，应该感恩山中那些看起来瘦小的灌木。它的根是如此粗大，枝条却细小柔弱。倘若在平地，绊上这么小的枝条，我身体的重量会让它连根拔起，而在森林中我依靠它们才能一路攀登、下行。

在湖边远望莲峰，觉得是一块很小的森林。置身林中，却一时看不见尽头，尤其是上到半山腰。也许是因为这个位置，我们迷路了，无论怎么走也走不出那一块林地。大家担心下不了山，赶紧找上山的路返回。

耀宝打头阵，找了几个地方，才找到来时的路。我们顺着他的方向，上上下下，左攀右拐，好不容易下到竹林。在竹林找到一条水沟，沿着流水的方向，慢慢找到茶园。我一看时间，在这片森林我们折腾了两个多小时。我们来到自然界，生活在凡尘，又何尝不是如此呢?

出了茶园，我们来到湖边公路。耀宝的皮靴上有一条山蚂蟥，他将它放归草丛。我想继续寻找植物山蚂蟥，便在告辞他们后去了附近的云峰山庄，见三月份带我登莲苞峰的那位老者。

这位柳姓老者听说我找他去寻山蚂蟥，便放下手中的活儿，肩扛一把铁锹，做我的向导。他边走边说，好像以前见过这种植物，多生长在潮湿处。它是羽叶长柄小灌木，一般高 1~1.5 米，花期在 8~9 月，果期在 10~11 月。它的根及全草均可入药，可以祛风活络，解毒消肿。碧云湖长年云雾缭绕，特别是每年 6~7 月，雨多潮湿，适合它生存。听说，当地农民和出家人常将其作为祛病保健的良药。

我们行走在进入碧云湖源头的水沟边，在林缘、茶园潮湿、低洼处寻找植物山蚂蟥。也许老天不让我如愿，我们无果而返。

回到他的山庄门前，我问：昨夜我睡的被子太潮，长此下去不得风湿才怪哩。又问，你们平时如何度梅雨期的？

他说，早起做事，活动筋骨，勤晒被子，多开窗通风，再就是多吃胡椒、辣椒；万一湿气不除，可用植物山蚂蟥祛湿。万一风湿成病而且病入膏肓，就让动物山蚂蟥咬噬。山蚂蟥是有毒，但任何东西都有两面性，看你如何使用，是否用得恰如其分，是否恰如其时。

随 记

7月26日，我夜上碧云湖。认识碧云湖差不多一年来，夜访还是头一次。

小车蜿蜒在上山公路上，窗外只见黝黑的山峦，以及灯光照见部分的树木、路面，因此我晕车的不适比起上次白天从老祖寺下来要减轻很多。山下的酷热随着山道的攀升，慢慢被抛向车后。我们关掉空调，让窗外自然的凉风亲吻身心，又一次感受到大自然的温馨。茫茫的黑夜，凝聚了我的视线和思维，我轻松地跟随小车驶向心仪的地方。

到达目的地，山寺的钟鼓相继敲响。僧侣们即将熄灯就寝。山寺旁边不远处的几家山庄依然灯火通明，也许要亮到深夜，但我不确定会到哪个时刻。为了明天的旅程，我草草地安顿了自己。

明天的旅程将做些什么呢？我还来不及计划，在这片带有原始森林之味的世外桃源，我不想事先未雨绸缪或者心怀梦想。一切率性随行，就像我此篇的随记，亦如汇聚碧云湖里的各路溪泉，和夏夜里常见的风声。

是的，就是这天深夜11：54，我被窗外风声惊醒。那如地铁驶过碧云湖上空又如满载货物的大卡驶过湖边公路发出的轰鸣，实在有些让人惊心动魄！倘若你胆小如鼠，你会无法再入睡。我几次起床关上寮房厕所的门。因为门闩年久失修，功能减退，几次关好后风又将刚刚上闩的门吹开。如果不是怕蚊子从厕所的纱窗钻进来，又跑到卧室入侵我，我才不会三番五次跟风过不去。可是我还是败在它的手上，困意让我入梦。厕所之门被风敞开。

第二天凌晨我起来的时候，差不多忘了昨夜所发生的一切。老实说，我睡得还是挺不错的。

清晨的碧云湖仿佛是刚睡醒的美人。靠近莲花双峰的碧云湖源头水面，在晨风的轻拂下绽开醒后的微澜，而靠近东边的出口只有零星的小块水面有睡后的梦痕，其他部分则是平静如镜。

总之，太阳尚未露脸的湖面，以风平浪静为主。蜻蜓在湖面和我的头顶翩飞，鱼儿陆续浮出水面，打破了湖面的沉睡。见到我的倒影，它们又从水面钻入深处，但清澈见底的水让它们聪明反被聪明误，正如它们能够看见我的一举一动，我对它们羞怯的举止也一目了然。

站在湖边久了，鱼类许是好奇我的执着，抑或善意有加，纷纷浮出水面。朝阳洒满水中，它们也就开始了新的一天自由自在的旅程。尽管只在这六万多平方米的辖区游荡，对它们而言却是生活的乐园。

季鸟在我来到湖边漫步的时候，就在我客居的房前竹林忙碌起来了。这些勤劳而不顾别人休息的精灵，总喜欢引起大自然的垂青似的，引吭高歌，吵醒熟睡中的万物，报告光明已至。它们在我停留湖边的时刻，依旧叫唤不止，而且让更多早起的小动物也参与了合鸣。

蝉在晌午是碧云湖最好的风琴手。蝉鸣不但驱走了自然界的闷热，也让游客的车声相对自惭形秽不少。

上次，我请圣清法师帮忙测量碧云湖附近的气温，他说最高温度在 30℃。这次，我专门留意了一下，在碧云湖一年中最酷热时的气温。因为走在阳光下，我感觉到午后的阳光还是强烈的。好家伙，7 月 27 日 8：00，25℃；10：45，32℃，11：40，32℃；下午 14：46，31.5℃；16：00，30℃；18:00，29℃。

上午 9 点至下午 3 点，最好不要外出。不过穿行茂密的丛林或者静坐湖边的阴凉处，也会享受到大自然给你的清凉。这种清凉让居住都市里的空调人梦寐以求而且难以企及。

下午四点后，我来到老祖寺对面的湖边，也就是莲苞峰的峰脚，我望见一只白色的杂交鹅，也可以说是鹅鸭杂交的，在湖边一个低洼处洗澡。它见到我走近，扑腾起双翼，展示它生存于斯的幸运与能够享有温凉的舒畅。

我坐在温凉的湖风吻拂的水边空地石头上，望着碧波荡漾的湖光、欣欣向荣的山色，以及蔚蓝的天空中飘浮的硕大白云，盛夏的阳光晒在身上，竟没有半点暑热之感。石头是有些滚烫，但不至于灼伤我的臀部。中午走在太阳底下还是挺热，可拧开水龙头或此刻将手伸进湖水，我感觉水冰凉如初春。

斑鸠的咕咕声，鸭子的嘎嘎声，林鸟的啸叫声，更衬托了湖的宁静。归途的小汽车、面包车扬起的灰尘与发动机的声音又给这片天地减少了空灵感与宁静感。

杂交鹅在我离开湖边的时候，孤零零地站在种有紫薇和黄豆的湖边空地上。它看着水中那群悠闲觅食的鹅，将头伸进脖子里，眼皮垂下，显得很孤独和忧郁。偌大的湖面，竟然没有一个同类。对面的鹅群欢快地叫起来，它立即抻长脖子，想回应一下，可是不知怎的它没有出声。

碧云湖附近的山庄客满，武汉、黄冈、黄石等外地游客将这里作为避暑之地。

下午我和几位在河沟和湖边垂钓的游客闲聊。他们说来此地的目的就是图凉快。再问他们有何感想，他们都回答其他倒没有什么。我由此想到了候鸟，这些有闲有实力的游客，也不过是在做候鸟之举。

下午五点以后，一些游客纷纷走出山庄来到湖边漫步，有的到了傍晚才出来在硬化的水泥路上散步，以放飞久处都市里的劳顿。应该说，他们潜意识里在寻找自我回归。

然而，在这之前的下午四点，山寺大门关闭。僧侣们开始进行晚课。他们沉浸在佛教的极乐世界里，诵经打坐，参禅悟道。

生活于每个人来说，都是一样的。因为彼此的选择不同，生活的意义与质量便相去甚远，但终极目标均是向死而生。只是在回家的路上所看到的风景千差万别而已。每个生命体的生存方式决定了他显现存在的方法与结果不尽相同。我们原本是如此，却失去了与生俱来的本意。但不可否认，人特有的认知能力让其他生命体无可企及，因而更能主宰自我。只是自我的不珍惜或莫名遗弃，辜负了大自然的赐予。

从双峰山下来的溪流长年没有断流，它清澈见底，水渠里清晰可见一到三寸长的小鱼逆流而上，成群结队。我惊叹这些无足又无翅膀的小动物竟能翻越道道激起飞流的石坝，战胜激流，由低向高，游到山顶的泉水源。这是生命的奇迹，也是它们锻炼体能、优胜劣汰的普通方式，以繁殖优良的后代。

我看到一对年轻夫妇带着两个孩子在沟渠边玩耍，我也跳下去，在清澈的水沟濯足。清凉的泉水，酥软的细沙，让我的脚气去除不少。自然的疗愈真是奥妙无穷！

小河里的潺潺流水之声在讲述大自然的永恒故事，鹅卵石则是它最忠实的听众。每次经过它的身旁，我会流连忘返，一时间深受启发，竟好像一位饱经沧桑的智者在向自己诉说今生的际遇与对生命的拷问。我面对流水，它无声地带走我尘世的诸多思考与对生命的审视碎片。

夕阳将下，车辆渐去，山中的绿意浓得化不开。蜻蜓依旧忙碌，黑蝴蝶也盘旋不停，水面的波纹是早晨所见波纹的反方向泛起霞晖。这种奇观，大概是碧云湖的风由东南入口，一直吹到碧云湖入水处的莲花双峰处被山峰挡住的回流所致罢。

经我多次证实，碧云湖的风，一般白天以谷风为主，由双峰山向山下吹；夜间基本是山风，由东向双峰山上跑。

所以，我敢断定，昨夜的风声也是因回声所致。

傍晚，碧云湖如同入静的禅修者，趋于平静。湖面升起轻盈的薄雾，莲峰也开始隐没雾霭之中。茶场的炊烟袅袅升起，在寺院做义工和晚归的居士、出家人将在此用餐。我也自然加入其中，为了多和碧云湖聊聊，错过了之前斋堂的晚餐。

就在等候晚餐的空隙，我整理一天来的见闻。这一天最大收获应该是上午幸遇从武汉来老祖寺打造东方大药谷的、被居士们称之为高老师的瘦老头儿。

碧云湖的四周山峰可以说是天然的百草园。据说，有乔木、灌木、草本中药材160多种，其中乔木有20多种，如厚朴、杜仲、合欢、野樱桃、银杏等；灌木有50多种，如山楂、山蚂蟥、金樱子、黄柏、六月雪、猕猴桃等；草本有90多种，如天南星、仙人掌、何首乌、七叶一枝花、八角莲、四叶参（也叫老祖参）等。

林中七叶一枝花、黄精、玉竹挺多，它们生长在阴暗潮湿地方。适宜于潮湿的岩石上生长的岩上莲亦随处可见。博落回到处都是，且长得高大。橡栗树漫山可见，开着白色米粒小花。野猪以它的果子为食，灵芝寄生在它的腐质树上。湿地松是大别山原始的树种，也是碧云湖山中主要树种，老祖寺的僧众遵循自然法则予以保护，每年也会栽植许多从外地引进来的新树种。

对于植物来讲，与动物一样，同样遵从达尔文进化论的生存规律。虽然一些移植过来的树种得以成活，但是“橘生淮南则为橘，生于淮北则为枳”的情况还是存在。如果我们细心观察便不难理解，就如蕲艾生在湖北蕲春，在那里你可以看到艾叶子上有一层绒毛，而移植在其他地方则光洁无毛。由于时间不允许，在碧云湖的山上，我没能找出新树种的特殊来。不过，像博落回、虎杖、湿地松等适合碧云湖森林生长的植物，是不会轻易让人为种植的入侵者或者由风、鸟类、小松鼠等捎来的种子而立足其中的外来者占领领地的。至少，我从保护碧云湖的僧者和当下热爱青山绿水者的行动中坚信如此。

三月我见过的许多花草树木，已经开花结果，小不丁点的花草也长得跟我一般高。栀子花开了，茶树结果了，山民也着手采收中药材。

“为了传承禅医文化，努力培植本地特色道地药材，打造中医药种植基地，促进本地区经济、文化建设与发展，提高人民群众健康与生活水平，保护一方青山绿水，造福十方黎民百姓”，老祖寺在寺院旁边的空地开辟了一个中药百草园。他们在园中乔木灌木草本结合种植，准备打造东方大药谷。一生热爱中草药研究的高老师与老祖寺住持崇延法师想法不谋而合，一见投缘，高老师来到老祖寺主动请缨担负起打造东方大药谷重任。

上午，我见到高老师时，他正在侍弄他的百草园。他带我参观了他的中药园，向我介绍了里面种植的一百种中草药，如青葙子、虎杖、无花果、决明子、胡卢巴、猕猴桃、鱼腥草、瓜蒌、绞股蓝、商陆、魔芋、海蚌含珠、丹参、甘草、大青叶、葎草、鸡屎藤、白首乌、何首乌、大血藤、枸杞、乌头、射干、杜仲、欠草、黄药子、兰花、白及、千里光、五爪金龙、珍珠菜、苦碟子、石龙芮、千金藤、四叶参、苦参、虎耳草、蔓菁草等。高老师还向我传授了许多中草药的性能与治病方法，如蒲公英对幽门螺杆菌和妇女尿泌性感染有好疗效，有的女子打个喷嚏小便就失禁，只要用蒲公英泡茶喝就能医治；贯仲抗非典；葎草抗结核。

高老师说，抗生素药物消灭细菌同时，也杀死了人体细胞。微生物在受到伤害时会迅速休眠，当危险过去会再迅速繁衍，每次用抗生素不可能全灭细菌，活下来的细菌就受到一次锻炼，对药物产生抗药性，人体免疫力越来越差。中草药的消炎机理与西药不同，只是给微生物提供一个不利繁衍的环境，而人体本身在不断增强免疫力，此消彼长，人类顺其自然战胜疾病。

高老师重点谈了杜仲。杜仲适应性强，生长力旺盛，对荒山开发最有意义。杜仲可以健肾、降压、保胎，健肾时和牛膝配，降压时与决明子配，但这种降血压药是用于瘦弱病人……杜仲叶皮提炼中药材之后，渣子里含有胶，可以制作杜仲胶。它的化学、物理性能比橡胶强很多倍，可以用于军用飞机轮胎、潜艇蓄电池防损橡胶的制作。

第二天清晨，他带我在莲苞峰的后山上寻找中药材。当到达杜仲生长的废旧茶园附近，我们找到一棵杜仲，他特地用挖药锄从树上挖一块杜仲皮，然后撕开树皮。我看到了杜仲皮里银白色的胶。

他说，杜仲在中国种植最多，杜仲胶发明专利属于中国，但是日本、德国却是杜仲生产和出口大国。他分析各种原因，应该是我们的企业，尤其是民营企业短视、思维滞后所致。银行也是一样一味追求短期行为，如房地产业赚钱来得快，就舍得向房地产投资，如今中国的房子可以容纳世界上一半人居住，让许多地方成为“鬼城”。还有一点，过去行政审批程序复杂，耽误了技术转化为生产力。而金融家、企业家对制造业缺乏耐心和投入，以致所经营的短期行为成就了企业的快速增长与快速垮台，大量浪费了社会资源和发展空间。一个地区、国家如果把自己最大的优势发挥出来，合理利用资源，经济发展远远大于目前的水平。

他又说，对一个企业短视的地方来说，贪污腐败不是最可怕的，可怕的是企业对社会资源的大量浪费和无视行为，可怕的是人们仇恨贪官可以让贪官收敛，而对盲目的一哄而起的重复建设与投资，还有政府大搞形象工程，视而不见听而不闻。曾经有个地方的官员在上任伊始，为树立威信，对前任的规划与建设予以否认，将新建大楼炸掉重搞城建规划，不但没有引起社会反感，一些市民还拍手称快。如此对社会财富的浪费与极端行为的漠视，应该说是最大犯罪和让人痛彻心扉的愚昧！

晚餐在夜幕即将拉上的那刻，开始了。菜是他们自己种的冬瓜、土豆、番茄、黄瓜，还有从山上采来的山野菜。山野菜洗净，拌上辣椒酱，生食，味道不错。锅巴粥是盛完米饭，用米汤化的，绝对的正宗。

就在我们开吃不久，耀奇居士带来两个卖乌龟的异乡人。两个异乡人自称在山那边修路，和同事在大石头里挖到四只大乌龟，希望卖给寺院。耀奇好心将他们带到圣戒法师这。圣戒法师负责茶场，是做老祖茶的专家。

圣戒法师觉得这些龟不是野生的，如果是野生的至少得五百岁以上，觉得不应该要那个价。旁边的高老师说，一分钱都不能给。理由是不能助纣为虐，并说在北京房山有人专门捕捉景区里面的鸟卖给寺庙，助长了一些人专门以捕捉放生鸟为生。再说，这四只五斤重的龟说不定就是碧云湖里放生的龟爬上山，被他们捉来的，赚出家人的善良钱。如果这次出钱买了，他们也会像房山捕捉放生鸟的人一样继续赚黑心钱。

卖主一听，跟他急，还拉着高老师要去菩萨面前发愿。

从寺庙里陆续来了两个老和尚。他们道声阿弥陀佛，然后对卖主说，施主让一步，给你一千八如何？

卖主说，四只一千八，当不住家，同事没来做不了主。

一位女居士看不下去，站出来说，你拿走吧，你想怎么处理就怎么处理！

卖主指着耀奇说，刚才这位师父说要，否则我们拿来干啥？一千八就两只！说着将另外两只装进塑料红桶。

一位老和尚蹲下，用手摸了摸红桶里的两只乌龟，道，阿弥陀佛，别流泪了，要买我们不会丢下你俩。

我端着饭碗，过去一看，那两只乌龟眼睛湿漉漉的。

经过反复协商，卖主最终答应四只一千八成交，以老和尚为他们每天在寺庙诵经为条件，以福佑他们全家。

碧云湖这片净土，在寂静的夜也偶尔会听到夜空中飞机的嗡鸣声，小轿车的喇叭声和路过湖边的车轮声。

下午我在湖边漫步的时候，见到在进水处有游客垂钓以及当地人在沟渠拦网捕鱼。在一些游人能去的地方，矿泉水瓶、垃圾袋等杂物随处可见。我在石头上欣赏湖中景色，用手机记录见闻时，居士耀定汗流浃背地路过，背上的蛇皮袋子已经装满了刚捡拾的各种垃圾。

眼前的一幕，以及下午这些耳闻目睹，让我的心情沉重起来。但随着夜的来临，湖的安寝，我很快就睡去了——这并不能改变碧云湖的特有魅力，也许一切都是最好的安排，自然力会让一切付出代价抑或享受无穷的恩赐。

告 别

秋天在一场雨的陪伴下，悄然而至。传统说法的一叶落而知天下秋，我不敢苟同。风雨应该是季节变换的直接操纵者。落叶并不因为秋的来临而下，春天也是落叶纷纷。自然界总是遵循自己的规律存在、发展。很多很多的现象与规律，我们无知而不见其存在。

湖面是最好的晴雨表。秋天，雨水来临前湖面会渐渐起雾。严格来讲，在下雨的夏季也是能够见到雾的升腾。雨雾在碧云湖更是打断骨头连着筋的常事。湖面凉风习习，不时将薄雾吹开，露出晨曦与晚霞的靓色。悠闲的鱼群、金龟、鸭鹅，在微波的簇拥下，纷纷游到我驻足的岸边，见到我颀长的倒影，又倏然隐去。

看来，对我这个来两天去半月的游子，它们还是不很信任的。如果我隐居于此，每天朝拜它们一次，也许情形会大为改观。但是，它们也没有完全放弃对我的好奇，隐遁刹那，重归水面，有的张开圆圆的嘴巴，囫囵吞水，然后侧耳倾听，看我是否对它的行为予以干涉。我从它们的眼神看得出来，对于人类，它们是怀着可笑的歧视。听说，自从文明人驱车至此，搅扰它们的生活以来，它们就是如此。

在一个酷热的下午，大概下午五点，碧云湖上空被一团乌云笼罩，雾霭从紫云山倾泻以下，涌入湖心。之前和我嬉戏的那些水里精灵也一下子被雾笼罩，我欲寻不能。我的同行驱车把我从老祖寺门口送到云峰山庄，不到三分钟，雨从天而降，倾盆而下。西边的太阳仍挂在天边，煞有一番东边日出西边雨的意境。

是的。山中的雾多半带雨而来。碧云湖的秋天阵雨颇多。阵雨之后，阳光灿烂。一般的情况下，你无须躲雨，任凭温凉的雨淋一下，接着沐浴山风、煦光，衣服、头发立马干爽。那种湿润、清凉的感觉，恐怕是此地的专利品。

夏天的算盘子、覆盆子、五味子、金樱子、猕猴桃、山楂、桔梗、野花椒、山枣、剥落回等乔木、灌木、花草均结籽，但果实一般在九月成熟，比山下要迟熟一个月左右。鹅掌楸、云松、四季青、楠竹等开始落叶，当然不是那种萧萧下的晚秋、冬天或者春三四月间狂掉叶的状态。初秋的植物还沉浸在旺盛的壮年时期，就如酷暑尚未完全偃旗息鼓似的，在正午依旧猛烈生长。我在七月，就从蓊郁的枝叶间发现了少量枯黄的叶子夹杂其间，亦如我的乌黑头发里藏着白发一样。衰老已经跟随季节的脚步迈向秋季。

茶籽再过一段时间可以采收了。橡树子、杜仲、湿地松等果实也很快成熟，将接受松鼠、林鸟的采摘。这些小精灵每到秋季会格外忙碌，为着冬天做好收藏的准备。野毛栗、山楂果、金樱子、野猕猴桃等，都是它们过冬的食物。趁人类尚未动手，它们就捷足先登。野猪一般在春冬季出没，但到了果实成熟的季节，它则躺在橡树底下睡大觉，饿了便张开猪嘴接一口从树上掉落的橡子。当然，它们有时也会喝到松鼠、鸟类拉下的大小便。只有听到人类的脚步声，它们才开始挪动身子，躲进茂密的丛林。猎人的长枪，现在的野猪是见都没见过的。在碧云湖一带，放生的习惯和禁止杀生的规矩，让它们不怎么怕见人类。除非猎狗先于主人嗅到它们的存在，野猪被惊吓逃走。主人呼唤忠实的猎狗别管闲事，只要野猪不危及人类的生命即可。这些忠实的家伙便会眼睁睁地看着野猪大摇大摆离去。

我常耳闻当地居民以及一些居士言及茂密丛林中野猪出没的事。虽然我攀登碧云湖附近的山峰不止一次了，但未曾见过这些凶猛的家伙，倒是在竹林、樟树底下见过它们活动的踪迹。比如它们用嘴巴啃噬的竹笋留下的烂桩子，用尖嘴拱动树根和地坑还有将水洼边的草丛压覆的痕迹。

一次，朋友大维跟我说，他是见过这动物的。在他告诉我前，还对碧云湖的环境做了一番烦琐的铺垫陈述，就如许多演讲家为了显示学问的渊博而旁征博引、故弄玄虚一般。我如此笑说，他便省略了腹稿里的台词，只是说起他的故事来，老祖寺的深冬天气多半阴沉，去年新年团年饭后，天突然放晴。他准备和从四面八方赶来的护法居士一样离去。出了山门，他们遇到崇延法师送客。崇延法师喊住他：走！到对面山走走。

于是，他们四个文友，还有一个七八岁男孩，跟着崇延法师爬山。他们原想去寺对面千佛山，也就是莲苞峰。同行的摄友想观察拍摄老祖寺最好的角度，便开始爬旁边的紫薇山。路看上去很不好走，那个小家伙不紧不慢地跟着后面，同行的黄松似乎有点担心，对小家伙的父亲说：你带小孩子回去吧！

小男孩父亲哈哈一笑：大师在，还有大作家、大摄影家在，别太担心了！我们家的小孩就是要让他到大自然来，亲近一下泥土，不能总是关在教室里，埋头成绩单。他从小习惯了，体能跟得上。正好孩子有点小感冒，发点汗也好。

我不由得多看了几眼小家伙，他的确是感冒了，刚才出发前还有点病恹恹的，好像眼皮都抬不起。现在他的小脸庞已经泛起桃红色，密集的汗珠沁在脑门上。

崇延法师也鼓励小家伙出汗比吃药好。

小家伙一点病相也没有了，爬得更起劲了。沿着山脊，其实根本就没有路，他的个头矮，顺着棘林空钻，不一会儿把我们都丢下了。

黄松经常参加户外活动，有很强适应性。我，一个经常伏案的文弱书生，落在最后。

每到陡峭的山崖边或横枝拦住去路需要手脚并用时，崇延法师总是等一下我。他望着前面的小家伙喊：耀源，跑慢点，前面会有野猪！又回头笑着对我说：看到没？我们生命就是要回归自然，一到大自然来，感冒算啥？大自然有天然的自愈力，一块好的山水有着巨大的磁场。是人类常常以为自己聪明，而肆意践踏这些野生动物们的领地乃至伤其性命而满足口腹。但正如同一句警句那么危言耸听——最后断送的可能是我们自己。

大师话音刚落，离他们不远处的树林里响起“哼哼哼”声。他们警觉细看，却什么没有。

崇延法师说，如果它在，我不见，权当是风声。我们就绕道，不惊扰它了。

大维告诉我，等他们离开野猪的领地，并且辨不清刚才听到野猪发声的地方时，崇延法师才告诉他们，野猪就躲在他们前面不远的草丛里，他和它还友善地对视了片刻。为了避免一些不怀好意者对野猪进行捕杀，既然其他人没看见它，那就权当没有它的存在好。

碧云湖的自然环境日益遭到人为破坏。游客乱扔垃圾，随意采摘山中花草，附近山庄捕杀鱼鸟以市，以及偷盗放生龟之类的行为，逐渐污染了这片原始的天堂之境。

蝉鸣在正午与傍晚、有时晚上八九点，依旧热闹。蜻蜓也沿着湖边漫天飞舞，蝴蝶则绕树低飞，慢慢栖居草丛。湖面那几只放生鹅、鸭仍然以湖为家。杂交鸭却不知何去处了。我寻了一会儿，没有看到这只与众不同的禽类，想象着它的孤独与难言。如同人类被抛入荒原，它的命运可想而知。尽管碧云湖没有硝烟，没有尔虞我诈，没有仇恨歧视。但物以类聚，它独一无二，难免不为命运的安排而苦楚。而我们所有生存者的命运不都是自己安排的。

我们在竞争的社会里，往往希望机会是属于独自一人的。可是，假若天下唯有你自己，你将如这只杂交物。纵然拥有大自然赐予你的一切，你也不会快乐的。由此，我想到自由的问题。自由应该是个人自律性让渡，营造大众生活环境宽松的状态。只有人人让渡部分自由，组成广大的自由空间，我们才能得到充分自由。欲望是自由的克星，宽容则是自由的本质体现。无论宗教、思想、哲学，如何试图解决处理自我最大发展与社会整体协调的问题。我们一方面要修心养性，增大自己的心量以容天地万物，一方面要历练本领为社会创造更多财富，在竞争、苦难中奋进。

在实际情形中，我所见到的，许多人对生活的意义理解是争取或占有更多社会资源和财富，一味谋取个人所得，当欲望无法满足便灰心丧气，就想远离尘世、四大皆空。实际上，这不是佛教所提倡的，也不是海德格尔等哲学家所认同的，更不是马克思主义倡导的人生态度。只是因为人们无知，才产生狭隘、偏见和傲慢。

8 月 17 日下午，我在老祖寺幸遇黄梅文友组织的一场阅读人生读书会。我坚持参加完这期读书会一天的活动。从本土名老书画家的讲座中，我听出，书画不是商品，而是一种道。写好字、画好画首先是技艺，再就是艺术，然后才是完善人生。一幅好画应该在似与不似之间，如画竹不在于红色黑色，而在于竹子精神。黄梅挑花也是一样，最美的挑花在乎表达一种感情和意思。为了臻于艺术佳境，我们必须亲近大自然，拥抱大自然，从大自然中获取灵感和营养。在有老祖寺住持与其他法师的开示活动中，禅师们所讲的生命在于调节，人生在于觉悟、奉献，把握当下，活在当下等生活禅让我醍醐灌顶。

诚然。我们每个人应该都是在告别中圆通的；可是许多人忘却了告别的意义在于觉醒。

在走近碧云湖的一年时间里，我感受到大自然的祥和、伟大，见证了出家人的清苦、辛苦、离苦。这座千年古寺为何钟声不绝？除了山川地理的优胜，就是历代高僧的弘法和度众的虔诚、干净、无怨无悔。在物质利益最大化的当下，他们并没有放弃佛经教义，而是将佛教融于生活，身体力行，劝善弃恶。信众捐赠的香火钱他们除了用于必要的生活所需外，不是用于弘法就是用于改善碧云湖的环境。从住持到沙弥，都是早晚上课、打坐、劳动，将禅修融入俗世生活。他们守护着千年古刹，更坚守着度己度人的使命，同时呵护这一片山水合一的圣土。

我们对历经岁月不朽的儒道释和古代哲学思想知之甚少，又急功近利，仅仅取其片面来认知，从而陷入迷信。譬如个人一旦遇难便上庙烧香磕头，掷千金买平安，那都是自欺欺人，何济其事！难怪有许多不怀好意者装扮成和尚、以修寺庙为借口骗取钱财。这不但有损个人的功德，而且败坏了社会风气。曾有一段时间，世界性精神贫困，生存异化，人们不知道自己是谁，一切抱着无所谓态度，从而加重个体的漂泊、孤寂之感。

天下寺庙兴盛，香火不断，看似好事，其实体现出人性危机，并非佛教真的深入众生。许多人因为生活浮躁，精神无家可归，病急乱投医。然而，他们并没有真的放下，却错过了生命的美好机缘。只有全社会营造一种清明美好的风尚，热爱和平，关爱健康，崇尚舍得，在海德格尔宣称的林中小路上追寻自我的人生出口，我们才能自由地实现向死而生。

这就要对过往的愚昧、迷信、迷茫、从众……作自我告别，用一种超然的又现实的态度去开拓自己的林中空地，让生命绽放光彩。

每次匆匆而来，又匆匆而去，我有说不出的感慨。离开碧云湖，让我在身心的净化后步入生活，更好地做好自己；回归碧云湖，是让我将生活的烦忧、遗失在自然的熔炉里冶炼或在湖水里清洗，重塑新的自我。我没有感到心灵与肉体的沉痛，却平淡地享受到人生三昧。

觉醒固然释然。如果没有昨日的幼稚、磨难、迷茫，同样无根。我们在告别自己的那一刻，也不忘感恩生活的遭遇与曾经的迷失。间接经验毕竟是别人的经历与感悟，对我们而言，在学习汲取的时候，一定要结合实际，灵活运用。世间的一切在有序的规则运行中，如流水一样随遇而安，因势利导，一往无前，兼容并蓄……我们有什么想不开、放不下、得不到的呢？

收 获

秋天的到来，宛如我的肌体日渐走向衰老一样，无需征得我的许可；或者说，一种无形的力量让天地万物不由自主地消长、轮回。

碧云湖的秋临要比山下迟一个月左右，当然，我是以植物的成熟期来衡量的。倘若用气候的变化而言，则不大好判断，应该说立秋之后便是秋了，毫无疑问，它比山下又要早个把月左右，但是人们常常忽视它是跟随时令转换的，因为传统的入秋时间界定多数情况下是以群居的丘陵、平原地带的气候为标准，所以说，人为的因素总是主导人的自相矛盾，且振振有词。我姑且不讨论类似如此可笑又约定俗成的问题，在人类的生存、进化过程中类似的错误不胜枚举。

山中的湿气较山下是要重许多，即使在气温高达 32℃的盛夏，棉被不拿到阳光下暴晒，夜间盖起来，那湿漉漉的潮湿之感让你需要花费一段时间来适应。而到了天气越来越干燥的中秋之后，潮湿感才慢慢有所减轻，凉爽的风沐浴起来比三月的春风快意很多。也许，这种情形在山水合一的未完全被人类破坏的山林湖泊都差不多。我曾探访另一处山林，在秋分时节遇到轻风吻抚，不禁题诗一首，其中就有一句“春风爽逊索风凉”。

野猕猴桃的成熟期就足以证明我的判断。在阳历8月中旬，我在黄州的超市就看到许多猕猴桃在卖，但立秋后我去碧云湖，山中的野猕猴桃还在挂果。9月8日上午，老祖寺住持崇延法师升座那天，我适逢在山上。看到如此热闹的场面，我没有管住闲适的心，好奇地凑过去见识一番佛教界的这场盛典。恰逢云峰山庄的老板在紫衣观音佛像前的亭子里，提篮叫卖他刚从山中采摘下来的野猕猴桃，并且因为彼此熟识，他特意挑选两个成熟最好的给我尝鲜。

虽在山中行走，我偶然也会见到一些成熟的美食，却没有随便去占有，而是在欣赏自然界的神奇与博大，满怀虔诚、景仰之心。我没有为它们的成长做过什么，无功不受禄，又不知怎样付给这些大自然生灵的劳动报酬，自然不敢随便索取的了。

山中的橡树籽、野毛栗、金樱子、山楂等果实尚未成熟，我在仰望或抚摸它们的时候，看到大自然丰收在望。温凉的带着泥土、草木芬芳的秋风将一份份赤橙黄绿青蓝紫的请柬送给我。我婉拒轻风的好意，委实经受不起——大地母亲经过春之孕育、夏之生长，将会收获满满的福喜。正如这累累的成熟的猕猴桃，正如崇延法师历经十几年的修行，终于得以升座。

许多叫不出名字的草本、灌木的果子也已成熟，五颜六色，形态各异，却以各自特有的方式向大自然展示自己的丰硕成果。它们有的是何等的渺小而不常被人驻足低视，可是依旧感恩阳光、雨露、大地的养育，用昂扬的斗志、不折不挠的进取精神，完成宝贵生命的自然实现过程。虫鱼、飞禽对它们无休止的侵扰、攫取，狂风、暴雨对它们无情地摧残、折磨，它们无怨无悔，以一种历练的姿态生长，适应而从容。

碧云湖的秋温暖如春。在她的四季原本就没有太多的冷热反差。她总是那样恬静、澄明，给人的感觉如千叶梅一样贵而不显，似千瓣莲一样洁而不妖。湖水在炎炎夏日，清凉如许，在冰封雪冻，照样碧波微漾。天地一切都是她的最爱，而她的自我在不断地沉淀、自清，永远与四季与存在保持和谐、相随。紫云双峰的山岚，苍穹上的云彩，老祖寺的梵音，朝霞夕晖……都是她最好的食粮，也是她得以圆融、澄澈的加持。

鹅掌楸、乌柏、云松、银杏、落地松、四季青、楠竹等枝叶间的枯黄日见增多。秋季也不免让万物无可奈何，哪怕是常青树。沙沙的落叶之声，飘浮空中久久不愿入地，抑或旋即随风扬起。如此之态，也是无可奈何之后的重生。不过，一切在时空的冷处理下，默然无声，变得淡定而豁达。而那些先知先觉者，谙熟命运的捉弄，用另一种积极的人生去拥抱结局，去将死化为高尚，实现生命的再一次升华。正如诗人吟赞的那样——“化作春泥更护花”就是一种对伟大生命终结者最好的诠释。

人本主义心理学家马斯洛将人的需要划分为五个层次，哲学家海德格尔认为时间性就是存在的境域，庄子主张顺从天道而摒弃人为……古往今来，不乏对宇宙、人生之探索者，如同高阔的夜空难得闪现的寥寥星星，照亮茫茫黑夜。他们是灵魂的追求者，是我下面所说的那种实现了人生第三步的智者。

当下比较趋同的人生之论，应该说是三步论。所谓人生追求的第一步，就是物质需要；第二步，精神满足；第三步，灵魂的回归。如果按四季划分，我以为春夏是人生追求物欲的阶段，没有春天的播种、夏之耕耘，生命将无以为继；秋天应该是在满足必需的物质生存条件之后，进行一些诗意的创作，以满足人特有的精神需求；冬天是明了人生终结的时期，唯有追求本真生活者才会涉足冷的净化选择与安排。每个人的选择总是与其所担负的使命、所拥有的格局分不开。如果选择整齐划一，社会将不可想象，甚至自己将自己送上不归路。但是，我们有必要弘扬置身社会事务又保持自我的处世态度。将爱从自我向周围延伸，切忌愚昧、病态地去爱他者、爱社会、爱未来，唯有个体心灵的强大、身体的健康、智慧的充足，你才能如阳光一样光照他者、社会。只有热爱生活、接受磨难、冷静反思、时刻充电，我们才能不奢望、不盲从、不迷失、不怨艾，就如碧云湖水里的精灵、山中万物的自然生存、去留随意。我们期望灵魂的掌控，但献身其中的绝对少数不是生活的唯一楷模。哲学、宗教的思考给人类带来生存的曙光，同时也让绝大多数人沉溺其中，因为先天的禀赋不足、后天勤学修炼不够，无可企及其深层精神。我们更多地要立足当下，把握生命的存在时间，从生存做起，不至于痴狂而自欺。人生离不开诗与远方，我们用心做好当下，爱己及人，仿佛紫云山上的清泉，一路轻歌，汇入碧云湖，从而享受到游人的赞许、鱼鸟的爱抚，灵魂由此得以飞跃。

人被莫名地安排到人世间，在顶天立地、统领万物的同时，还需要保护大自然，让地球在自然的运行中与宇宙相融，恒久而有常。于此，我们必须发挥人的聪明才智，从科技层面呵护好自己，保护好天道。千万不可将大自然赋予人类的智慧用于贪欲，玩火自焚。使命与担当无时无刻不给人类以荣耀和警醒。科技的进步与社会的进步息息相关，并且永无止境。宇宙之大，生命元素之小，均是无极，人类依靠自然赋予的智慧开展了发现之旅，然而每一次的新发现仅仅是万里长征的一小步。科学、技术、哲学、幸福永远在路上。生命的每一次终结一方面给存在注入新的活力，一方面让存在者离回归靠近了一步。无须担心地球的末日来临，生命在存在的时间里永恒，只是换一种环境而已。

把握当下，这不是新话题，但我们因为种种的缘由让当下擦肩而过，为此，我们一方面以人的名义好好生活，一方面以神的姿态完善自我。尽管社会分工越来越专业、细致，但我们改变不了从动物到人，从我到社会，从人到神的递变。真正的高僧、哲学家、伟人的成长，基本如此，否则就是墙上的芦苇、山间的竹笋而已。

当我站在九月的碧云湖畔，对着碧波荡漾的湖水轻声细语如是。湖边的茂林修竹倒影仿佛一幅秋景图，展现我的眼前。接着一群游鱼和几只鹅鸭相伴而来，增添了画面的动感与情趣。头顶有林鸟飞旋而过，唱起了动听的福歌。几十年的秋天失去的也许太多，但已经不以我的存在而存在，在我步入秋季，在这个山水一体的异乡，我却收获意外。

邂逅甘霖

久旱双峰雾薄萦，清泉无影涧无声。

春花烂漫风云涌，秋色斑斓湖水平。

——吴远道《秋旱碧云湖即景》

我所居的黄州，自 7 月 15 日下过一场急雨之后，已有 70 多天滴雨未下。干旱裹着高温，让置身都市里的人们饱受煎熬之苦。我自然不例外，心中总是怀想着碧云湖的清凉。趁着假期，我又一次踏上探寻之旅。

个把月没来碧云湖，因为久旱，湖水下降了一米多。山中的云杉有的干死，但枯死的基本是人工修剪过树枝而几乎秃顶的树。它们和一些枯黄的另类树叶形成秋的多彩画面。林鸟第一次所见之多，让我感觉秋天在碧云湖真正降临。那些成熟的植物果实似乎没有在意无雨的中秋的态度，就像在酷暑之夏，碧云湖无视烈日当空，总是那样清凉。我敢肯定这些在鸟类如我一样，大多是为了一场收获而来的异客。

干旱对农业的影响最大。森林防火形势在进入黄梅五祖镇的要塞路口后越发显得严峻。每个村口都有多名戴着红袖箍的固定人员值守，并且每人都配有崭新的专业灭火工具，如小型鼓风灭火机。还有一种工具，在长木柄顶端钉着一尺多长的黑橡胶条，我平生第一次见。部分值守人员对进山车辆反复检查，以杜绝危险品上山。沿山流动巡逻车载着大喇叭，语气不是“森林防火，人人有责”式劝告，而是“谁失火谁坐牢”式的强硬禁令。这场干旱，可谓触动了许多人的敏感神经，但更重要的是可以唤起人类珍爱环境、保护母亲球的意识。大自然就是这样，采取不同的方式警示人类，以维系一切与之相关的存在者正常生存、发展……

10月6日下午3点，我到达碧云湖时，紫云双峰隐约有雾，秋阳也早已隐没灰色的天空。湖中的倒影几乎是灰色的，但没见到雾的影子。我沿着紫云山庄往湖水的主要源头探寻，小河里的水位比一个月前来低了不少。水中的小鱼依然快活地上下游动，数量之多如故。湖的进水处水位下降最多，露出了湖底，鹅鸭站在裸露的沙滩上窃窃私语。看到我的归来，它们纷纷大叫起来，权作问候一声罢。湖面的鱼簇拥一起，乍看起来像是一条条大鱼似的。我原本惊讶干涸后的湖竟有如此大的鱼，但一阵湖风吹过，被乌云染色的湖面漾起波澜，那一条条“大鱼”分散出几条、十几条或者几十条小鱼。

目前寺庙、山庄的生活用水都困难，寮房、宾馆的卫生间一律禁用。晚餐后，我到茶厂去寻找水源，曾记得在它的旁边有个莲花玉泉，泉下建有两个圆形水池。可是我忘却了茶厂的位置比能够住宿的寮房要高，离碧云湖更远。玉泉干涸了，那两个玉盘似的大水池也干裂了。

正在我无望地忧闷时，从厕所兼澡堂走出一位当地农民，拿着刚洗漱的工具，头发湿湿润润的。我知道自己没有白来。

他告诉我，山上有处泉眼没干，正好就是平时供茶厂用的自来水源泉。

我说，湖水下降不少。

他却说，湖水位上升不少。

我奇怪地追问，他却说不出个子丑寅卯来。我后悔没能久居此地。望着眼前的一湖碧水，之前的丰盈不见，但翡翠如昨。平常寺庙、山庄用水都是莲花峰上奔泻而下的山泉水。重修老祖寺时，设计者和建设者们在临近寺庙的半山腰建了一个大蓄水池，利用水的落差形成的压力将自来水输送给寺庙和附近山庄。

碧云湖四周的植物绝大部分在久旱中得以生长、茂盛，应该缘于紫云山上厚密的植被、它将之前雨季储存的水分吐出来滋养万物。

森林是地球的肺，植被是大地的皮肤。我不由得想起三月植树的情景，同时明了崇延法师近三年来率领大众和义工，在原有植被的间隙间进行大规模植树造林的初衷。据统计，三年来他们共栽下大大小小的优秀树种几万株，既优化了紫云山上的植物种类，又净化了山里山外的空气，反哺着大地母亲。

碧云湖是山下垅坪水库的源头，也是供应整个黄梅县城的饮用水源。居住在这里的人更有责任守护、呵护好源头的纯净。空气的清新、人为的保护尤为重要。在闹水荒的寺院，出家人面对和寺院就一条马路之隔的充足湖水，宁可“嗬哧嗬哧”费力地从湖中一桶桶打水以体谅山下居民的饮水困难，也舍不得利用现代科技带来的便捷——用泵抽水；同时也让参与其中的每个人更能感受到对于水的使用，不是随心所欲，是费力的，还是不方便的。正是如此，不以地利在源头上优胜地占用，而是更多地念及苍生，潜意识唤起人们对于有限资源的珍惜，和对往昔无情占有和享用生起愧疚之心……

昨天我所居住的城——黄州下过一场不大不小的雨，这场雨是从7月15日就在盼望的甘霖，给暑热解凉许多，缓解旱情不少。为此我还颇有心得地写道——“纵然暑热已然秋，些小干枯且勿忧；知否天公君子也，是风是雨又何求。”但相比于云雾缭绕的紫云双峰以及平静的碧云湖，我的城还是要热些。在碧云湖晚上睡觉，我不得不盖上棉被，以不负如许清净之地带给我的安然入睡。

第二天起床的时候，是清晨5∶50。昨天下午所见的紫云双峰升腾的薄雾，已经将我所居住的地方淹没。我到走廊拿昨晚洗漱时不小心弄湿的衬衣，可见度不到七步，而且原以为被打湿的衣服经过一夜的风吹一定会干的，可是“衣晾檐前寒又湿”。当我到茶厂盥洗，一路上特意用脚步量了一下大雾弥漫的碧云湖在早晨7点的可见度，只有三十三步远。站在茶厂的门口，面对茫茫雾海，我找到了昨天傍晚那位当地农民同我说的碧云湖在旱初水位急剧下降，而这几天在慢慢回升的答案了——“湖水回升雾以滋”。难怪没有被人为破坏的树木花草都能经受个多月干旱的考验，依旧在生长，在收获在奉献，因为山岚的滋养。

大雾到下午1：05我离开时还没散开，而碧云湖的天空总算下起了蒙蒙雨。我说，是一场浓雾带来的！

现任老祖寺方丈崇延法师昨天下午见到我时，慈祥地笑道，碧云湖要下雨了。

我说，可能，紫云双峰起了雾。

因为作家来，要给你润笔。

我开怀一笑，敬佩这位大和尚的幽默风趣与般若无边。离开碧云湖前，我高兴吟诗以赠，曰："灵犀易竭笔常枯，干涸萦怀我的湖。不老重阳垂大爱，雾携甘露润君需。"

碧云湖就如一面明镜，在清晰显现宇宙存在的同时，将人生的奥秘在不同的季节、不同的时刻向我洞照。感谢法师的鼓励，然而，这雾不是因我而起，雨亦不是由我而来。这是大自然的恩赐，是万物的期盼与守候，是天道酬勤与对一切存在者的考验……

初冬的早晨

古希腊唯物主义辩证法奠基人——赫拉克利特说，一切皆流，无物常住，并说，“人不能两次踏进同一条河流”“太阳每天都是新的”。我们生活在瞬息万变的时空中，唯有不断创新，破除迷信和陈规陋习，无我无物，方能与自然同步，永葆本真。

碧云湖的初冬经历一个季节又一个季节的尘洗、沉淀，似乎没有什么改变。山中的嫩绿，鹅黄，靛青，墨绿，粉红，深红，枯黄……倒影于四季长清的湖水里，只不过换一种色彩而已。如镜的湖水并不因为它们的添彩而失去原有的平静与透明。正如我小时候常常听到的一句口头禅——只有人脏了水，没有水脏了人的。倘若在晴朗的冬日，天空的阳光照在湖面上会波光粼粼的，尤其是在旭日初升的早晨，曙光与水面升起的薄雾交融，更是熠熠生辉。天边的云彩在碧云湖总是长于变幻，因此投影湖心，在碧波荡漾的湖面便盛开出各种各样图纹的花朵。

11 月 30 日清晨，我踏着布满松针和枯叶的环湖公路，去拜访阔别一个多月的碧云湖。

这是一个阴冷的早晨，我宛若置身一个用塑料透明膜包裹的半球里。山是以黛色为基调的赤橙黄绿青蓝紫混合的球形，苍穹是球顶，湖面是清澈为底的灰色天空与山中景色倒影合一的底座。

寒冷的湖边，少却了往日的嘈杂与扬尘，但见枯黄的苞茅草满头银丝地挺立湖边的茶园旁。向来少见的小山雀见到我的走近，几十只一窝蜂似的从扁柏抑或云松的枝叶间飞向天空。这些不见其形但闻其声的轻吟总算有了答案。目送这些不知是因为惊悚还是为我举行欢迎仪式的精灵，我心底漾起欢愉。老白鹅和灰色的鸭子不时从对面的湖面传来并不悦耳却异常温暖的唱和，我由此感觉到自己在一个清净之地，而不是在荒寂的无人之岛。油然循声注目，它们舒展翅膀，在迎接初冬的欣悦的早晨。山间偶见正开得热闹的白色茶花，有一种叫不出名字的灌木的枝条上正吐着芽孢。湖四周环山之上，秋意依然，仿佛一位高明的画家调制的七色板，在寒意浓浓的初冬依旧保持最旺盛的秋色。依旧青翠欲滴的楠竹谦卑地低着头，仿佛在感恩阳光雨露清风明月的滋养。

我怕美丽的晨景在一瞬间溜走，连忙在手机上敲下所见所感。很快我的手冻僵了，但心热如四周的亮色。脚底的严寒让我不敢停下，便加速豪迈。在这样宁静、空明之所，只有行走，才能让身心俱暖。身心俱暖，我便找到了归家之路。阳光已经在球形外等待着每一位心怀感恩的感应者。我见到了它的力量和能量，我们相互报之一笑，暖暖的、洁白的笑。

一个多月未见，湖水比干旱时还要清亮许多，水面虽然增高不多，但波纹没有春秋时大，各种鱼儿也安静下来。在这个清晨，一切进入冬眠。春天栽植的紫薇、桂花等树苗百分之七八十幸存下来。这个结果我是花费好几个小时的抽样统计才得出来的，因此我对春天的植树成果相当赞许。我们在保持碧云湖原生态的同时，适量地更新引进一些优良的互补的新成员，应该说是百利而无一害的。如攀登在莲苞峰的沿途山路上，我见到老朋友落地松、杉树、斑竹等，在将雨的早晨，枝条上都挂着晶莹的水珠，像天真无邪孩子的泪。它们看起来要清爽、精神许多，而且它们似乎在爱怜地关注着新成活的外来者。

站在湖水源头，我远望紫云双峰。它们好像刚洗漱过的样子，清新、干净，并且不见有浓雾的笼罩或升腾，其他的山峦亦是滋润靓丽，尽管天空阴沉欲雨。

这个周末的早晨，除了山中不多见的鸟语和湖中鹅鸭之歌，几乎不见其他喧嚣和躁动。我真切地感受到了初冬后碧云湖的宁静、清净与寒冷。也许这正是我想看到的碧云湖，我想寻觅的碧云湖，我想融入的碧云湖。

驻足湖岸，我任凭清澈的濡染，任凭澄明的透视，任凭寒意的抚摸，任凭静谧的沉淀……心如微澜，漾过昨日的浮浪与冥顽；心如止水，“已无欢喜已无愁”。眉头、脸上已经被晨雾润湿。一曲空灵曼妙、无分贝的仙音缭绕湖心，漫溢于我的心田。恍惚间，我见一朵洁白的莲花从湖中升起，渐渐地开出圣洁的芬芳。

然而，我定睛一看，它已化作一池平静的湖水，将最美的希望播撒在这片神奇的镜面上。炊烟从不远处的山里人家袅袅升起，潺潺流水之声从身前的沟渠传来。将近上午九点，一团白雾从紫云双峰的两峰夹口升腾，融入一色的湖之上空。我向它追去……

雪

等待一场冬雪，对我来说大约有半个冬季之久，或许更久。等待的事物总是那么漫长，又耿耿于怀。

听久居碧云湖的友人讲，今冬的雪在碧云湖已下过两场，由于我的不至，每次伴雨而来，又落地即化。听后，我还是十分受用的，没能赶上它的脚步，便热望于等待中邂逅一场新的更大的雪的降临。

老祖寺的方丈崇延法师告诉我，如果真的遇上一场大雪，你就得安住数日方可下山。去年、前年那样的大雪封山的情况，交通受阻，等到雪融冰消，至少得一周、十天或半月以上。这对于修行者而言是天赐良机，对尚处职场为生活奔波的人来说，静等交通畅通是需要舍弃一些的。因此，大多数如我一样的匆匆过客更多的是选择雪初下、未冰冻时离去。虽说是不错的选择，但错过了一个琉璃世界的真切体验，更不必说臻于雪中碧云湖般的晶莹剔透了。人生中那些诸多的怅然若失、懊恼愤然、分别比较……仅仅依靠浅尝辄止，又怎能消除每个人的痼疾呢？面对如此纠结的事情，不如干脆关闭神思，去作碧云湖之旅。行动是幻想破灭、杂念新生的直接动因。

在这个接近己亥岁尾的周末，回到碧云湖，感觉是我认识她以来最冷的一次。她俨然冰雪儿，对我的到来异常冷静。去年的寒冬我没有在意她，也就没有如今天这般身子冷得自然卷曲，伸不直腰，手根本不敢露在空气中。刺骨的冷也许才是碧云湖严冬的特征。难怪雨落在树枝、竹叶上很快被低温冰冻，形成雾凇景观。

当地山民讲，每到冬季，与其说是瑞雪覆盖了紫云山，不如说是雾凇造就了碧云湖的雪景。我不置可否，只知道它们一样的洁白、空灵，如同每个修行者那样，在摒弃世间的嘈杂之后，通体空无。这正是碧云湖的特色，也是她的希望。

像每次探访碧云湖，我会独自绕碧云湖转一圈，想看看别后的仙姿会有哪些改变。湖边的山峦隐没浓雾之中，湖水亦被厚雾笼罩。平时常见的飞鸟不知躲到哪儿去了。此刻的碧云湖宛如仙境，我则处在雾的海洋。没有行人、飞鸟，仅能听到从隐隐约约的山寺不时传来的阵阵诵经声——南无法华会上佛菩萨——更加给这座湖增添了几分神奇、空旷。雾化的冷雨开始淅淅沥沥地打在湖面，将雾掀开道道缝隙。我由此能看清水中的鱼，它们安静地拢在一起，似乎也在期待抑或恭候着什么。它们安静的神态为昔日微澜泛起的湖面增添了几分肃穆、庄严。自然界的灵魂一股脑儿地摄入如镜的湖中，让你在惊悚之余，不禁忏悔起来，从而希望雪会冰释，于浴火重生。

我莫名地轻松快乐起来。这静谧、空旷的湖边，一切都让我放下。我又情不自禁地不时拥抱清澈的清泉、清新的空气以及宁静之湖。要是再来一场瑞雪多好啊！

朦朦胧胧的雾和淅淅沥沥的雨，不允许我作长时间的漫步。

碧云湖的四季基本深入我的心底。我们是亲密无间的朋友了。重逢、别离又有什么区别的呢？湖已安然，我亦泰然。“你洗涤了我的凡尘，我丰富了你的灵魂。”我准备即兴给碧云湖写首诗。但雨越下越大，我不得不道别，躲雨于寺院。

山寺的经声仍不绝于耳。我独步院中，在走廊上听寒风中的雨声。是啊，一切季节的变换，都与雨分不开。风呢？是雨的翅膀。每个季节的雨声是否一样呢？

我专注起雨，关注起携雨的寒风。从飘落的雨中，我终于看到夹杂其中的一朵、两朵细小的雪花。希望竟然在如此不起眼、落地化了的雪瓣上有了结果！

啊，啊，倘若不用心还真的让它走过了。对于它的存在我们会茫然不知，但它们确实存在过。是的，对它们而言，这些又算得了什么呢？

我的心不由得冰洁、清净，全身分外清爽，举首寺院的天空，依旧有雨有雪在前仆后继地落下，寺庙依旧飘浮在雾海。寺院里那株千叶梅吮吸晶莹的雨珠，吻着无味的冷风，似乎在迎寒孕育。恍惚中，我见雪梅一树，花开万朵。慢慢地，我不见了自己。等我寻到自己时，一瓣雪花轻声说，我就是我。顷刻间，天地浑然一体，世界一片纯白。那个我已融入雪的世界。

夜宿禅寺，安然深睡。隐隐约约中，是谁在耳边歌唱——碧云湖，莲花地；圣莲开了，灵魂在绽放。啊呀呀，洁白，温馨，幽香……